# 閉ざされた扉の向こうに

津山裕章
Hiroaki Tsuyama

Parade Books

外気が凍り付きそうな師走の仙台で、北環状線沿いの閑静な住宅街は、けたたましいサイレンの音に包まれていた。多くの戸建て住宅が建ち並ぶエリアの中で、一軒のアパートから火災が発生した。住人が行き交う時間帯は、既に過ぎた時刻であったが、消火活動を行う消防隊員と現場で交通整理に当たる警察官、そして多くの野次馬が参集して火災現場は大混乱となっていた。

各部屋のルーバー窓が、通りに面していた為、火元が二階の右から三番目の部屋からの出火である事は、窓から立ち昇る煙によって、容易に目視出来た。現場向かいのコンビニエンスストアからの通報が早かったのと、住宅地に消防署の出張所があった事から、消火活動は迅速に行われた。その結果、火災による被害は、出火元の２０２号室のぼや程度の火災被害と階下の１０２号室の消化活動による冠水被害だけで、他の部屋への延焼は免れて鎮火した。

その後、消防による出火箇所、出火原因、死傷者の有無などの火災調査が、消防隊長の嶋田ら八人の隊員によって、出火元である２０２号室で行われた。多くの現場を見てきた嶋田にとって、現場が玄関から台所そして奥のリビングルームに続く１Ｋの間取りである

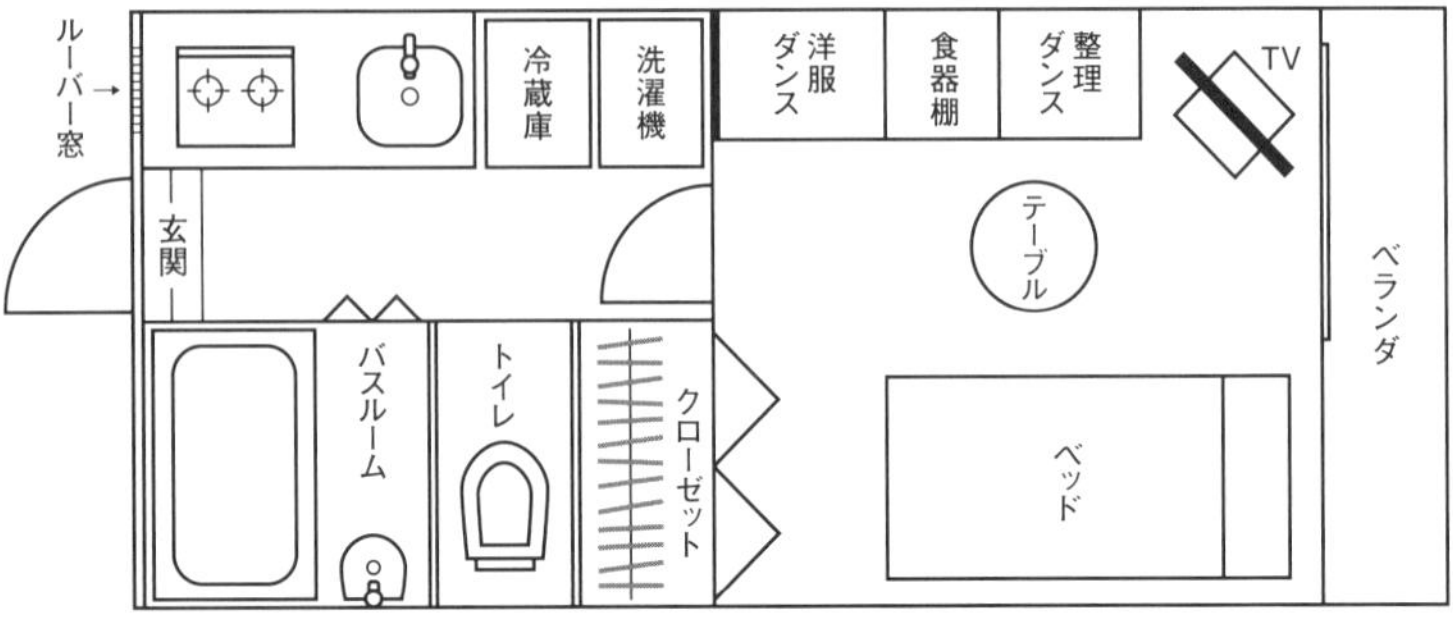


202号室 平面図

事は、容易に想像が出来た。出火場所は焼損状態から見て、入室してすぐの台所からの出火と思われた。奥のリビングルームの壁と天井は、かなり焼け焦げているように見えたが、フローリングの床には、一見して大きな延焼被害は見受けられなかった。嶋田にとって、何よりも被害者の有無が気がかりであった。奥のリビングルームに入った嶋田の視線が最初に捉えた光景は、ベッドの上でうつ伏せに横たわる女の姿であった。まずは二酸化炭素中毒が疑われた。

上体を起こした隊員の吉村が

「隊長、これは」

と思わず声をあげた。抱き起した女のブラウスとベッドの白いシーツは、赤ワインをぶちまけたかのように鮮血で染まっていた。
殺人事件の疑いが濃厚となった事で、警察の鑑識係による現場検証と消防による火災調査が相まって行われた。最初に鑑識の足跡係が床の痕跡調査に入った。犯人の侵入口、侵入方法、犯人の人数、物色場所、逃走口、逃走経路を特定する事は、極めて重要な鑑識作業であり、次に写真係による現場の撮影が行われた。発見時の様子を正確に記録しておく事は、起訴、裁判において重要な記録となる為であった。その後、指紋係が、遺留指紋を採取する段取りであった。

一方、火災調査は、消防と警察との競合を避ける意味から、消防法三十五条の「放火又は失火の疑いのある時は、その火災の原因の調査の主たる責任及び権限は、消防長又は消防署長にあるものとする」との法令に基づいて消防主体で行われた。出火場所は、台所の天ぷら鍋からの出火と思われたが、詳しくは消防による現場調査の結果を待たなければならなかった。並行して警察による現場周辺での不審者に対する聞き込み捜査と第一通報者への状況確認が行われた。聞き込み捜査は、所轄警察署の大川警部補以下十数名の捜査員によって行われた。

事件当日は十二月二十五日であり、火災発生時の午後七時頃は、住宅街の多くの家庭でクリスマスを祝う夜を過ごしている時間帯であった為、不審者に対する目撃情報の収集は、極めて困難な状況であった。一方、消防への火災発生の第一通報者であるコンビニエンスストアへの聴取も行われた。こちらは神山主任が担当した。

店長の西村は
「正直言って火事騒ぎには参りましたが、せめて昨日でなくて良かったです」

前日のクリスマスイブであればケーキ購入の客が殺到していた時間帯であり、商売への影響は、計り知れなかったとの思いからの発言であった。それでも店舗向かいから火災が発生した事で、店の駐車場が、買い物客の車では無く、野次馬に占拠された事に、何処にも当たりようのない戸惑いを感じていた。聴取の結果、実際は車で来店した客が第一発見者であり、報せを聞いた西村店長が、火事の煙を確認して消防へ通報したとの事であった。

第一発見者である本田幹夫は、殺到した野次馬と消火活動に伴う交通規制で、コンビニの駐車場から身動きが取れずに、車の中でスマホゲームに耽っていた。早速、本田幹夫への事情聴取が行われた。

「一緒にクリスマスを過ごすはずだった彼女にドタキャンされて、酒とつまみを買い来ただけなのに、この分じゃ、しばらくは駐車場から出られそうにないですね。クリスマスの夜だというのに、全く踏んだり蹴ったりですよ」

こちらも今の状況に、憤懣遣る方無いといった状況であった。本田幹夫への聴取では、駐車場に入った直後に異臭を感じ、向かいのアパートのルーバー窓から立ち昇る煙を見て、慌ててコンビニへ駆け込んだので、火事を通報する事だけに気を取られて、不審者については気づかなかったと証言していた。火災の発見時刻については、コンビニの駐車場に入った時に、車のラジオで午後七時のニュースが始まったタイミングだったと話していた。再度の聴取の承諾を得て連絡先を確認の上、現場の規制が解かれ次第引き取ってもらう事にした。

その後、特別捜査本部が県警本部の安藤管理官をヘッドに、長岡警部以下、所轄警察署の刑事を中心に数十人の体制で設置された。

最初に火元である２０２号室の契約者の情報が、矢野警部補から報告された。

「現場であるプレステージ杜の管理会社への聴取では、２０２号室の契約者は藤井直子、年齢は五十三歳です。契約されたのは七年前との事です。契約時の保証人は、同じ市内に住む姉、綾子の連れ添いの古賀敏行となっています」

次に溝口主任から現状の捜査内容について報告された。

「現場には、現金三万円程入った財布と指輪やネックレスなどの貴金属類が残されていた事から、今の所、物取りによる犯行とは考えにくい状況です。怨恨に依る犯行なのかについては、今後の捜査を待たなければならないと考えます。遺体は、姉の綾子によって藤井直子本人と確認されており、死因については、司法解剖の結果、肝臓に達する刃物の裂傷による出血性ショック死と解明されました。現場には被害者の血痕が付着した包丁が残されておりましたが、被害者所有の物なのか、犯人によって持ち込まれた物なのかについては不明ですが、傷口の照合から、この包丁が凶器であると断定されました。死亡推定時刻については午後六時から七時の間と推定され、犯人の侵入口については、奥のリビングルームのガラス戸が施錠されていたのと消防隊が現場に突入した際に、玄関扉が施錠されていなかったので、玄関からの侵入と考えられます」
大川警部補からは
「当日はクリスマスでしたので、向かいのコンビニエンスストアは、午後六時過ぎまでは
クリスマスケーキの予約客で混雑していましたが、七時頃には客足は疎らな状態になって
おり、不審者につながる情報は現在も極めて乏しい状況にあります」と再度報告された。

被害者の右隣り201号室は空き部屋になっており、左隣りの203号室の住人の熊谷雅夫への聴取では、火災発生時は勤務中であった為、帰宅してから事件を知ったとの話であった。藤井直子とは、ほとんど面識が無く、年に数回挨拶を交わす程度で、生活音などのトラブルも無かったと証言していた。他の住人への聴取でも有力な情報は得る事は出来なかった。

姉の綾子から提供された藤井直子の写真を見た西村店長は

「何度か来店して頂いた記憶はあるのですが、何しろ私の普段の業務は、毎日の欠品商品を本部へ発注する事と売上やアルバイトの管理が主な仕事でして、あまりレジカウンターに立つことが無いものですから、はっきりとは覚えていませんね」との話であった。

防犯カメラについては現場周辺では、唯一現場向かいのコンビニエンスストアに設置されていたが、映像解析の結果、店先の駐車場は監視されていたが、現場のアパートは映っていなかった。


捜査会議では、山崎警部補から藤井直子の勤め先への聴取内容が報告された。

「藤井直子は、仙台駅裏のいずみ地所という不動産会社で、経理担当として勤務しておりました。主に市内中心部の飲食店向けのテナント物件の紹介と店舗の管理を行っている会社でして、社員数は社長以下五名の営業マンと藤井直子を含む事務員二名の不動産会社としては中小規模の会社と思われます。社長の稲垣和夫の話では、いずみ地所へは一年半程前に稲垣社長の知人の紹介で入社しており、勤怠については遅刻や欠勤などは無く、社内や客先とのトラブルも無かったとの話でした。但し性格的に多少社交性に欠ける所があったらしく、中小企業の社長として、社員同士の親睦を重んじる稲垣社長にとって、会社の忘年会や新年会、慰安会などの参加に消極的だった藤井直子に対して多少不満を持っていたようです。五人の男性営業とは、経理担当として出張交通費や客先との交際費の精算などの経理業務での関わりはありましたが、男性営業の平均年齢が三十代半ばという事を考えると、五十代の藤井直子とのプライベートな関係は無かったと思われます。同じ事務職の望月恵子の話では、男性営業は日中ほぼ出払っているので、昼食はいつも藤井直子と一緒に食べていたみたいですが、お互い五十歳過ぎの独り身でもあり、プライベートな事については殆ど話をしなかったそうです。藤井直子の入社後、会社の先輩として何度か個人的な飲み会に誘ったらしいのですが、常に何かとはぐらかされた為、その後飲食への誘いは、しなくなったとの話でした」

次に矢野警部補が

「姉の綾子に藤井直子との交流について尋ねてみました。二人とも同じ区内に住んでいましたが、行き来する事は殆ど無かったようです。県北の田舎に住む両親が健在な時は、お互い盆暮れには実家に帰省していたようですが、二年程前に両親が立て続けに亡くなったのと、姉の綾子が近所のスーパーでパートの仕事を始めた事で、盆暮れに休日が取りづらくなった為、最近は直子だけが実家を継いだ弟の慎一の所へ帰省していたようです」

数日後、捜査本部に、消防本部から火災調査の詳細な内容が報告された。出火原因は、ガスコンロに置かれた天ぷら鍋の油の発火による火災と断定された。天ぷら鍋が被害者によって犯行前から加熱されていた物なのか、犯人によって故意に加熱された物なのかについては不明であったが、検証の結果、現場にあった直径二十五㎝、深さ八㎝の天ぷら鍋で油糧八百ccとした場合、現場で使用されているプロパンガスの通常熱量で、三百五十度前後の発火点に達するまでに約二十分程度の時間がかかるとの鑑定結果と、当然ながら火力や油糧によって発火時間が前後すると報告された。

長岡警部は、この報告を聞いて殺人事件においては、事件の発覚を少しでも遅らせたいと考えるのが、被疑者の通常の心理である事を考えると、今回の火災が、仮に被疑者による行為だったとすると、何か特別な意図があって、敢えて早期の殺人行為の発覚を狙ったのではないかと推察していた。

捜査本部は、殺人と言う卑劣な罪を犯した上に、現場で火災を発生させた疑いのある被疑者の割り出しに、躍起になって情報収集に当たっていたが、現場に残された藤井直子のスマートフォンには、姉の綾子、弟の慎一と在仙の叔父、叔母の連絡先の他に公共機関の電話番号と数件の女友達と思われる連絡先があるだけで、交友関係が極めて希薄な事から捜査は難航が予想された。

その中で学生時代からの友人である山根仁美への聴取が行われた。

溝口主任が

「山根さんは、大学時代から藤井さんと長くお付き合いがあったと伺いましたが」

「直子とは最近まで、二ヶ月に一度位のペースでお茶をする仲でした」

「藤井さんとの会話の中で、悩み事とかトラブルについて相談された事はありませんでしたか」

「直子は性格的に心配性な所がありましたので、何かあれば必ず相談していたと思いますが、そんな事はありませんでしたし、先々月会った時も普段通り元気でしたね」

「所で藤井直子さんには、親しくお付き合いをしていた男性はいませんでしたか」

「直子から特定の男性との付き合いがあると言う話は、一度も聞いた事がありませんね。既婚者の先輩として十年程前までは、何度か婚活を進言した事もありましたが、直子から結婚に対する積極的な言動を聞く事は無かったですし、普段の生活は自宅と会社を行き来するだけで、休日は部屋で撮り貯めたビデオを鑑賞して過ごす事が唯一の趣味と聞かされた事で、婚活への提案は、いつの間にか有耶無耶になりました」

この証言で、男性との交際に無関心だったのか、それとも踏み出せなかったのか理由は分からなかったが、直子のスマートフォンには男性の連絡先が一件も無かった事から、特定の男性との付き合いは無かったと考えられた。更に藤井直子は心配性の性格から、クレジットや通信販売による商品購入については、万一の個人情報の漏えいを懸念して、利用する事は殆ど無かったらしく、通販のポイント還元などにも興味を示さなかったと話していた。どちらにしても捜査本部にとって、藤井直子の人間関係が中々具現化しない事から、被害者に対して殺害動機を持つ被疑者を掴み切れない状況であった。

捜査は長岡警部の指示で、遺留品の洗い直しと鑑識課の資料を基に２０２号室の再検証が行われた。遺留品の中の直子名義の預金通帳をめくっていた宮下警部補の視線が一点で止まった。預金通帳の記載項目の殆どが、毎月の勤め先からの給料の振込と公共料金の引き落とし、生活費と思われる金銭の引き出しであったが、その中で昨年の六月に八百万円の入金が記載されていた。この金額は直子の預金残高の九百三十万円の中で際立って大きなウエイトを占めていた。振込先には南原商事と記載されていた。多額な金額であった為、宮下警部補と溝口主任が南原商事に事情を聞きに向かう事になった。事前に聴取内容について連絡した所、社長の南原隆志が、直接対応させて頂きますとの返答であった。

南原商事の所在地は、仙台駅西口から程近い、多くの買い物客が行き交うアーケード通りに面した一等地であった。ビルの入り口にNBビルとプレート表示がある事から、南原商事の自社ビルと思われた。南原商事のビルは一階が飲食店、二階にカラオケ店、三階は美容室、四階には麻雀荘が入るテナントビルで、最上階の五階が南原商事の事務所になっていた。ビルの景観は、建築に詳しくない宮下から見ても、全面ガラス張りのモダンな建物であった。定礎板には二〇一二年九月と記載されている事から、新築で建てられたビルと思われた。応接室に通された宮下警部補と溝口主任の南原社長に対する第一印象は、市内一等地に新築ビルを構えるビルオーナーとして年若いと言った印象であった。

南原社長からは

「藤井直子さんの件でお出でになったのですね。新聞を見て本当に驚きました。気の毒な事でした。人の恨まれるような人では無かったと思いましたが」と聴取をする前に、社長なりの想いを伝えて来た。

溝口主任は

「まだ怨恨と決まった訳ではありませんので」と釘を刺してから

「早速ですが南原商事から昨年の六月、藤井さんの口座に振り込まれた八百万円についてお尋ねしたいのですが」

「その件でしたら、昨年関連会社を清算しまして、その際に藤井さんに支払われた退職金です」

詳しく内情を聞くと、藤井直子は、南原商事の関連企業である南原フーズで、昨年の六月まで経理担当として勤務していたが、会社都合により退社して貰ったとの話であった。

「会社都合での退社と言う話ですが、差し支えなければ、その辺の事情についても詳しく教えて頂けませんか」

「昨年の三月に受けた津波の影響で大きな損害を被りまして、会社存続が厳しい状態になったものですから、会社を清算致しました」

前年に発生した東日本大震災の際に、南原フーズの建物が、仙台港近くにあった為、倉庫兼事務所が津波被害に遭い、南原フーズの一、二階の食品倉庫の全ての物品が津波で流されて、ビル自体も大きな損傷を受けた事から再建を断念し清算したとの話であった。この日の聴取は、藤井直子に対し払われた金銭についての聴取であり、事情が判明したので、南原社長に礼を言って署に戻る事にした。

帰路の途中、溝口主任が

「津波被害で会社が清算に追い込まれた事情については分かりましたが、震災で大損害を被った会社が、事務職の藤井直子に対して八百万の退職金とは破格過ぎませんかね」

宮下警部補も

「今の所、会社業績、会社規模については、まだ分からないので何とも言えないが、確かにその辺の事情については少し調べる必要がありそうだね」

調査の結果、南原フーズは、主に繋華街の飲食店に、生鮮食品以外の加工食品、酒類、調味料、缶詰、米穀などを卸していた食品の総合商社であった。清算前の従業員数は十二名で、登記簿によると、南原フーズは、南原商事の代表取締役である南原隆志が社長を兼務しており、どちらの会社も父親である現会長の南原賢吉から五年前に受け継いだ二代目社長であった。この報告書を見て宮下警部補と溝口主任は、共に南原社長に対して年若いという印象を持った事に納得が出来た。納得が出来ないのは、僅か十二名規模の会社が、藤井直子に対して八百万円という大金を退職金として支払った事であった。本部の捜査会議でも、清算をした中小企業の過分な退職金に対して、引っ掛かりを感じるとの意見が多くの捜査員から出された。


続いて鑑識課の柏原主任から２０２号室での鑑定結果が報告された。

「凶器の包丁からは、被害者の指紋が検出されていないので、今のところ持ち込まれた物と考えられます。但し包丁の販路については１００円ショップ等で広く販売されている代物で、購入者を特定するのはかなり難しいと思われます。他に現場の室内から、藤井直子以外の指紋と毛髪が検出されており、指紋については延焼被害を受けた台所とリビングルームからは検出されませんでしたが、被害を免れたトイレ室内の壁から藤井直子以外の三人の指紋が検出され、毛髪についても風呂場の排水口から複数の毛髪が検出されました」

他に本年度より所轄署に新任の刑事として配属された篠原裕子から

「リビングルームにあった整理タンスは、各段とも小物、下着、軽衣料などで隙間無く整理されていましたが、ベッドの下の左右のチェストについては、左側のチェストには女物のパジャマや寝具が整然と入っていたのに対して、右側のチェストが空っぽだった事に違和感を覚えました」との意見が出された。女性ならではの視点に、感心する捜査員もいたが、現段階では状況に対する参考意見に留められた。年内の捜査は現場での検証を持って年納めとし、年明けから本格的に清算した南原フーズ周辺への捜査を行う事になった。

捜査本部の仕事始めは、捜査一課の神棚に向かって、捜査員全員で一日も早い事件の解決を祈願する事であった。

年明け早々、宮下警部補と溝口主任は、南原フーズの元社員で、配送センター勤務だった横川勉の自宅を訪れていた。男性社員の中で、藤井直子と親しい間柄であったとの情報による聴取であった。当初、横川は刑事の訪問に怪訝な表情であったが、理由を話した事で捜査には協力的であった。

「藤井さんとは社内での勤務部門は違いましたが、郷里が同じだったので、昼休みにはよく一緒に手弁当を食べていました」

「そうですか、所で、藤井さんから何か悩み事とか心配事とかの相談をされた事はありませんでしたか」

「プライベートな事については、殆ど話す人ではありませんでしたので、特に何も聞いていませんでしたね」

「所で、横川さんは会社が清算された事に、当時どんな思いをお持ちになっておられましたか」

「震災で会社も大変な状況だったのは分かりますが、親会社の南原商事に、本社ビルを建て替えるだけの財力があるのなら、解雇した社員には、もっと退職金を支給して欲しかったですね。若社長は、元々金にはシビアな人ですから、あまり期待はしていませんでしたが」と突然の会社清算よりも、少ない退職金に対する不満を漏らしていた。

溝口主任は

「差し支えなければ、如何ほど退職金を頂いたか、教えてもらえませんか」

「お恥ずかしい話ですが、十二年働いて、わずか二百万足らずです」

「十二年の勤続で二百万ですか。所で藤井直子さんは、横川さんより長く勤めておられたのですか」

「いいえ、彼女の入社は、私よりも二年ぐらい後だったと思いますが」

この聴取によって他の元社員にも同様の聴取をする必要に迫られる事となった。

次に商品管理担当だった牧野知子への聴取が行われた。

「私と藤井さんは同期入社なんですけど、頭の回転が早い藤井さんは、社長の信任を得て経理を担当していましたが、私は客先からのクレームの対応に追われる配送の管理業務の担当でした」

溝口主任が
「勤続年数は何年ですか」

「十年程です」

「失礼とは思いますが、差し支えが無ければ牧野さんの退職金の金額を教えて頂けませんか」

「中小企業だから、しょうがないと思っていますけど百五十万程でした。それにしても、あまりの金額ですよね。でも、もっと頭にきちゃうのは、当時、藤井さんは、南原商事の経理担当も兼務していましたので、南原フーズの会社精算後も、暫くは残務整理の業務などがあって、会社に残っていたみたいですけど、会社清算に目途がついて会社を辞める段階で、社長が藤井さんにだけ再就職先を紹介したらしいです」

「藤井さんにだけですか、それでは南原社長や藤井さんに恨みを持った人もいたんじゃないですか」

「南原社長に対しては、突然の解雇の上に少ない退職金の支給に、恨んでいた人が居たかもしれませんが、藤井さんの再就職については、自分からそんな根回しの出来る人ではありませんでしたので、恨みを買うような事は無かったと思いますよ。それに当時、その件に関しては噂話にしか過ぎませんでしたし、そんな事に構っているより自分の再就職先を探すのに必死でしたから」

宮下警部補は、いずみ地所の稲垣が言っていた知人とは南原社長の事だと思った。

「警部補、南原フーズの社員だった何人に事情聴取しても、藤井直子と他の社員との格差は埋まりそうに無いですね。もしかしたら藤井直子は、南原社長の何か弱みを握っていたのかもしれませんね」

「先ずは格差の理由を突き止めるのが先決のようだね。取り敢えず南原フーズの会社清算時の内情について調べてみようじゃないか」

宮下警部補と溝口主任は、この段階で南原社長に直接事情を聴くのを避けて、関係先への聴取を優先する事にした。

鑑識課では、２０２号室から検出された指紋と毛髪についての鑑定が進められていた。

浴室の排水口から採取された毛髪については、毛根が残っていなかった事からＤＮＡ鑑定は不可能となり、トイレの壁に残された指紋が唯一の物証となった。姉の綾子、弟の慎一、仙台に住む叔父、叔母とも藤井直子の住所は知っていたが一度も訪問した事がなく、いずみ地所の望月恵子、南原フーズの牧野知子に至っては、住所すら知らなかったと証言していた。鑑定結果でも関係者に該当者は存在しなかった。

引き続き現場周辺の聞き込み捜査を行っていた大川警部補が、大した成果も無く現場のプレステージ杜に戻って来ると、アパートの駐車場に止まっていた軽トラックから、什器を降ろしていた職人風の二人組の男が

「一昨年、内装工事したばかりなのに、火事とは言え、またリフォーム工事をする羽目になって、大家さんも気の毒な事だな」

と同僚の男に話かけ、相方の男は

「我々は仕事になるので有り難いですがね」と話していた。

この会話を耳にした大川警部補が、身元を明かして事情を聞くと

「202号室は警察の指示で、まだ手が付けられないのですが、階下の102号室は住人

からの要望で、消火活動の際に冠水被害を受けた壁紙の張替えをする事になりまして、準備している所です」

「一昨年、内装工事を行なったばかりと言うのは」と聞くと

「東日本大震災の際に、こちらのアパートも被災しまして、当時も復旧工事に相方と一緒に入っていました」

「202号室も修復工事をされたのですか」

「全室、修復工事に入りましたが、詳細については覚えていませんね。当社でアパートの管理会社へ、部屋別の工事内容を記した請求書を出している筈ですから、会社に戻れば分かると思いますが」

「こちらから会社の方へ伺いますので、会社名と住所を教えて頂けますか」

その足で教えてもらったリフォーム会社の渋川内装を訪れると、梅津義雄から事前に連絡が入っていたらしく、既に復旧工事の部屋別の工事項目と請求書の控えが用意されていた。

営業担当の酒井修は

「アパートは地震による激しい揺れの影響で、全室壁に多数のクラックが入りまして、クロス壁の張替をしました。他に床の補修や設備機器の修理をした部屋もありましたが、202号室は、工事項目の控えを見るとクロス壁の張替工事だけですね」

「202号室の壁全面ですか」

「水回りのタイル部分を除いた台所とリビングルーム、トイレの壁の全面張替工事です」

「工事は、いつ頃行ったのですか」

「震災は三月でしたが、震災直後から復旧工事の依頼が殺到しまして、直ぐには発注に対応出来なかったものですから、結局、急ぎの設備機器の修理以外は、一昨年の十二月の工事になりました」

大川警部補は、先日の捜査会議で、鑑識課の柏原主任から、202号室のトイレから検出された指紋について、関係者に該当者がいなかったとの報告を思い出して、先程現場にいた二人の職人に、念のため指紋鑑定の協力をお願いする事にした。その結果、トイレ室内から検出された三つの指紋の内二つについては、梅津義雄と相方の萩原明良の指紋と判明した。現場に残された三つの身元不明の指紋の内二つが判明した事は、捜査本部にとって被疑者を絞り込む上で大きな前進であった。
宮下警部補と溝口主任は、南原フーズの取引先であったアサヒ食品の三條社長を訪ねていた。
宮下警部補が
「アサヒ食品さんは、南原フーズへの最大の納入業者だったとお聞きしましたが、一昨年の事で恐縮ですが、南原フーズが会社を清算した経緯について、社長のご存知の範囲で結構ですので教えて頂けませんか」
三條社長は
「警察の方が、聞きたい事があると言うので時間を作りましたが、最近の警察は過去に清算した会社の事まで捜査をなさるんですか」
「申し訳ありません、捜査に関しては申し上げられませんが、南原フーズの清算に関わる事で調べる必要がありまして、関係があった取引先に、当時の状況についてお聞きしております」

「二年以上も前に清算した会社の何を話せば良いのですか」

「三條社長は、南原フーズの会社清算が、単に震災被害による清算だったとお考えですか」

「そうだと思いますよ。確かに清算した当初は、色んな噂がありましたが、会社を閉めれば良きにつけ悪しきにつけ色んな噂が立つ物ですよ」

「社長、その噂とやらを教えて頂けませんか、特に悪しき噂について詳しくお聞きしたいのですが」

と食い下がると
「確かに震災で被災した事が清算への直接の原因だったと思いますが、私に言わせれば、震災が無くても遅かれ早かれ南原フーズは清算していたと思いますよ」

「何故そう思われるのですか」

「南原フーズの取引先は、主に市内中心部の飲食店だったのですが、当時、取引先への商品の納入が、日常的に遅延しておりまして、その事で信用を大きく損ねて、震災直前の売上は、先代の時代と比べて、だいぶ減らしていましたし、当社への発注件数も徐々に少なくなって、会社清算直前の納入金額は、最盛期の半分ぐらいまで落ち込んでいましたね。清算にあたって、私共を含めて南原フーズへの納入業者で、実害を被ったと言う話は聞いておりませんが、内情は火の車だったと思いますよ。ここからが悪しき噂の核心ですが、南原社長にとっては、当時、会社を清算したくても南原フーズ自体が赤字経営でしたから、社員への退職金なども含めて、会社清算にかかる経費を考えれば、簡単に清算は出来なかったと思いますよ。そんな時に東日本大震災が起こって、被災に対する多額の保険金が支払われた事で清算が出来たのではないかと当時はもっぱらの噂でしたね」

「その納入の遅延についてですが、何か原因があったのですか」

「南原フーズの本社は、元々、仙台の最大の歓楽街である国分町のすぐ近くにありまして、圧倒的に国分町の飲食店がお得意先だった事から、会社移転前の取引先への納品については、遜色無く行われていましたし、急な発注にも地の利を生かして競業他社よりも迅速な対応を行う事で、多くの客先を持っていました。ところが社長が隆志氏に代わってから、本社ビルの老朽化を理由に、賃貸マンションに立て替えて仙台港近くに会社を移転した事で、取引先への納入時間が、従来よりも二倍以上かかるようになりまして、納入に対する遅延が日常的になっていました。更に急な発注にも対応出来無くなって結果的に多くの取引先が、南原フーズから離れていってましたね」

「何故デメリットを分かった上で移転されたのですかね」

「そこまでは他社の経営方針に関わる事ですから分かりませんが、取引先にとっては、従来の利便性の良さを無くした事だけは確かですね」

宮下警部補と溝口主任は、南原フーズの会社清算時の内情を調べる事で、事件の核心に近づいているとの手応えは、まだ掴めていなかったが、現段階では事件解決への糸口が他に見つからないので、関係先への捜査を引き続き行う事にした。


翌日、宮下警部補と溝口主任は、南原フーズと競合関係にあった黒川食品の黒川社長と面会していた。南原フーズの同業他社であると同時に、黒川社長が、南原フーズの出身である事から、南原フーズの内情に精通していたとの判断からの訪問であった。黒川食品の従業員数は六十名で、売上規模も清算時の南原フーズと比べると八倍以上の実績を誇る、地元業界では一、二位を争う食品卸売業者であった。

　宮下警部補から
「黒川社長は、南原フーズから独立されて現在の黒川食品を興されたと伺っておりますが」

「その通りです。先代の賢吉氏が社長だった三十年程前に入社して十八年前に独立致しました」

「ざっくばらんにお聞きしますが、一昨年の南原フーズの会社清算について、当時どう思われましたか」

「どんな理由で南原フーズが清算した時の事情を調べておられるのか分かりませんが、私が知っている事でしたら何でもお答えしますよ。それにしても二代目の隆志氏は何を考えていたんでしょうかねぇ。結果的に会社清算については、震災での津波被害が直接の原因だったと思いますが、それ以前に会社業績を大きく損ねる結果になった会社移転について、当時、私には到底理解出来ませんでしたね」

「と言いますと」

「誰が考えたって分かる事でしょう。クライアントへの商品の納入拠点が、至近距離に持っているという最大の営業戦略を投げ捨てて、賃貸マンションに建て替えるなんて、誰が考えたって到底理解出来ませんよ。まぁうちはそのお陰で客先数も売上も伸ばす事が出来ましたが」

「その件は他の取引先でも聞きました」

「南原フーズが震災を期に清算したのは、仙台港にあった倉庫の商品が津波で流されて大きな被害を受けた事がきっかけだったと思いますが、震災前の南原フーズの客先への取引額は、かなり落ち込んでいましたし、であれば当然商品の仕入れも抑えていたはずですから、商品倉庫には大した在庫は無かったと思いますよ。これはあくまでも根も葉もない噂話ですが、震災後、保険会社から震災被害に対する多額の保険金が支払われたとの噂がありまして、それをきっかけに元々不採算だった南原フーズを清算したのではないですかね」

「しかしですね、仕入台帳と売上台帳があれば在庫金額は当然分かるわけですから、そこはきちんと被害額に対する適切な保険金が支払われたのではないですか」

「刑事さん、千年に一度有るか無いかの大災害ですよ。帳簿も商品も全て津波に流されている訳ですから、実際のところ在庫に対する被害額については証明のしようが無い訳で、結局の所、自己申告された被害額での処理という事になったんじゃないですかね。周りから見たら正しく火事場の焼け太りみたいなものですよ」

「社長の所は震災被害については大丈夫だったのですか」

「うちは会社としての被害は殆ど無かったですが、自宅が結構やられましたね。当時は多くの家屋が甚大な被害に遭い、今迄に経験した事のない状況でしたから。そんな時に人間が本来持っている欲深さを垣間見たようで、当時の世情には少なからず嫌悪感を覚えましたね」

「それはどういう事ですか」

「震災当時は、仙台市内の建物被害だけでも全半壊合わせて十四万件近くありましたので、罹災証明書交付に伴う査定数が膨大な件数になりまして、役所は慢性的な人手不足の中で、全国から調査に対する応援を貰いながら支援活動を行っていましたが、家屋被害の一次審査の結果に納得出来ずに、二次審査を再申請する人が続出しまして、言葉は悪いですが、再審査をした事で、ごね得した人がだいぶいたらしいです。被災者にしてみれば一部損壊、半壊、大規模半壊、全壊のそれぞれの査定で支援金額にだいぶ開きがありましたから、必死だったのでしょうが、沿岸部の被災者の状況を考えると、津波で多く人が家族や財産を失った上に、仮設住宅での不自由な生活を強いられている訳ですから、その事を思うと当時の世相に対する不公平を感じましたね。

他にも、うちの会社に出入りしているタクシーの運転手から聞いた話ですが、震災当時は交通機関が壊滅的な状況でしたので、損害保険会社の担当者が、タクシーをチャーターして地震保険の加入者宅の被災状況の調査に回っていたらしいのですが、当時、政府主導による損害賠償への支援策もあって、一部には軽微な被害にも関わらず簡単な聞き取り調査だけで、高額の保険金を受け取った人もいたらしく、そんな事情が背景にあったのか分かりませんが、当時、仙台では高額の装飾品や腕時計、高級車などの販売で業績を伸ばした会社が多数あったらしく、その為に全国から仙台バブルと揶揄された事もありましたね」

「確かに当時、一部にそんな状況が見受けられましたね。所で社長の会社のご商売は、震災後いかがでしたか」

「震災直後はガス、水道、電気などのライフラインが全てストップしまして、一ヶ月程は全く商売になりませんでしたが、復旧工事に伴って、大手工事業者が、仙台中心部のホテルを丸ごと無償の宿泊施設として借り上げて、日当も高額な手間賃を提示した事で、全国から多くの職人が殺到しまして、震災前はホワイト族のお客が大半だった中心部の飲食店は、作業服で来店するお客で溢れかえりまして、どこの店も大盛況でしたね。お陰様で飲食店の仕入れが増えた事で、当社もだいぶ儲けさせて貰いました」

黒川社長への聴取は、当時の社会情勢を含めて収穫のある内容であった。

宮下警部補と溝口主任の次の訪問先は、仙台の繁華街で八店舗のキャバクラを経営する森宗社長への聴取であった。当時、南原フーズの最大の納品先であり、客先側からの情報を聞く為の訪問であった。
森宗社長は、他社への同じ質問に対して
「確かに賃貸マンションに建て替えて会社を移転した事で、我が社への日々の納品も遅れがちになりましたし、他の同業者でも南原フーズとの取引を控えたと言う話も聞いておりましたが、だからと言ってあのまま老朽化したビルで営業を続けていても、恐らく建物は震災の揺れに耐えられなかったと思いますよ」

「という事は、移転してもしなくても会社の清算は免れる事が出来なかったという事ですか」

「結果的に南原フーズの賃貸マンションへの建て替えは、商売としては確かに失敗だったと思いますが、刑事さんも当時の南原フーズの状況について調べておられるのであれば、お分かりになっていると思いますが、倉庫の商品に対する被災での保険金の金額は、旧ビルで被災した場合と仙台港のビルで被災したのとでは、旧ビルで被災すれば、仙台市中心部にあった事で津波被害には遭わなかった訳ですし、更に、それぞれの倉庫のキャパシティを考えれば被災に対する保険金額は大きく違ったと思いますよ」

「そんなに規模が違ったのですか」

「正確には分かりませんが、単純に倉庫の規模だけで見れば、仙台港の規模は旧ビルと比べて三倍は違ったと思いますよ」

「三倍ですか、仙台港のビル自体も津波被害にも遭われたと聞いておりましたが」

「仙台港のビルについては、賃貸物件ですので、被災による南原商事への実害は無かった筈ですよ」

「そうすると実害は、流された在庫商品と帳簿などの会社資料という事ですか」

「穿った見方をすれば、仙台港のビルに移ってから被災したのは、南原フーズにとって不幸中の幸いだったという事だと思いますよ」

「社長は中々の事情通ですね」

「南原社長は、当店のお客様として日頃より大変ご贔屓を頂いているお客様でして、先程お話しした情報も、実は南原社長が来店した際に、うちの女の子達に、会社を移転した事に対する、ご自身の先見性を得意になって話していた内容の受け売りなのです。賃貸マンションには、手前どもの女の子達も何人かお世話になっておりまして、その関係で店の同伴日にはよく来店頂いております」

「所で普段、南原社長は、こちらのお店にはどんな方とお出でになっているのですか」

「大抵は、お一人でいらっしゃる事が多いのですが、最近は石井様とよくお出でになっていますね」

「石井様と言いますと」

「川崎建設の方で、さっきお話をした賃貸マンションの建設を手掛けた会社の本部長さんです。確か南原商事の新社屋も施工されたと聞いておりましたが」

「私共も一度、新社屋に伺った事がありますが、我々から観てもモダンな建物で、建設費はかなり高額だったのでしょうね」

「建設費については分かりませんが、西口にあった南原商事のビルは、南原フーズのビルよりも古い建物でしたので、震災による被害で解体が余儀なくされて、建て替えたんじゃないですかね」

「急な建て替えを余儀なくされたとなれば、建設資金の調達も大変だったでしょうね」

「その辺の事情は、部外者である私には分かりませんね」

森宗社長には長時間の聴取に礼を言って店を後にした。

溝口主任は
「警部補、関係者の誰に聞いても南原フーズの清算には、震災による多額の保険金絡みの話がついてきますね」

「そうだね、溝口君、そろそろ本丸に当たってみようじゃないか」

次に最も当時の事情を知る総務課長の門脇和己への聴取を行う事にした。南原社長にあらぬ警戒心を持たれないように、南原商事での聴取を避けて、会社近くの喫茶店で待ち合わせをした。

宮下警部補が
「新社屋の建設は、震災の被災により、やむなく着工されたと聞いておりますが」

その質問に対し門脇課長は
「結果的にはそういう事になりましたが、震災直後にテナントビルを見に参りましたが、素人目からですが、建て替える程の被害だったかと言えば、私にはそんな風に見えませんでしたね」

「では何故建て替えをされたのですか」

「川崎建設の石井本部長さんが何度もお出でになって、南原社長に建て替えを進言しておりましたので」
「だからと言って建て替えるだけの多額の資金を調達するのは、そう簡単な事では無かったのではないですか」
「南原社長の話では、石井本部長から建て替えを勧められた際に、今が絶好の機会ですから、悪いようにはしませんからと繰り返し説得されて決めたと聞いておりましたが」
溝口主任が
「先程ビルを見に来た時との話がありましたが、当時、事務所はこちらではなかったのですか」
「現在は新社屋の五階に事務所を構えておりますが、建て替え前は、仙台港にあった南原フーズの賃貸ビルに同居しておりました」
「では南原フーズ同様、津波被害に遭われたのですね」
「津波被害については、事務所が三階にあったので、辛うじて被災を免れる事が出来ました」
「南原フーズと同居されていたのには、何か事情があったのですか」

「建て替え前の旧本社ビルは四階建てでして、南原商事は、当時四階フロアで麻雀倶楽部と同居しておりましたが、以前からスペースの拡張を希望していた麻雀倶楽部の要望を叶えると同時に、南原商事を南原フーズと同居させる事で、業務の効率化と経費の削減を考えて仙台港のビルに移転致しました。その後、被災して仙台港の建物は使用出来なくなりましたので、新社屋を建て替える際に、五階建てとして最上階に南原商事の事務所を構えました」

「移転の際の効率化と経費削減を計るとは具体的にどのような事だったのですか」

「それまでは南原商事、南原フーズそれぞれに総務と経理がありましたが、南原商事の業務は、本社ビルのテナント料と賃貸マンションの家賃収入を管理するだけの会社でして、それ程多義にわたる業務ではありませんでしたので、業務の効率化と人件費を含む経費の削減を考えて、南原フーズと同居する事で、それぞれの総務と経理を統合して経費を削減する事にしたのです」

以前、事情聴取をした牧野知子が言っていた、藤井直子が南原商事と南原フーズの経理を兼務していた事情が、この聴取で判明した。

「震災後は新社屋が出来るまで、どちらにいらしたのですか」

「市内の賃貸ビルに、事務所を借りておりました」

「先程の話に戻りますが、建て替える程の被害では無かったのに、一旦テナント契約を解約してまで建設に踏み切ったのは何故なんですか。また建て替える程の被害では無かったのであれば、新社屋建設に伴い、休業を強いられたテナントのオーナーから苦情は出なかったのですか」

「あくまでも被災に対する見解は、私見で申し上げた事ですので、その辺の詳しい事情については、南原社長か川崎建設の石井本部長にお聞きになってみたらいかがでしょうか」

「そうですね、一度、川崎建設の石井本部長の所に伺ってみましょう」

これ以上の情報を引き出すのは難しいと考え、門脇課長への聴取はここまでとした。

聴取を終えて喫茶店を出た時は、既に夜の八時を過ぎていた。二人とも空腹を覚えていたので、宮下警部補の誘いで、アーケード街から横道に逸れた一軒の居酒屋で慰労を兼ねて検討会をする事にした。

溝口主任が

「警部補、川崎建設への聴取はこれからですが、今回の捜査は、南原社長から藤井直子に対して、過分な退職金が支払われた事への疑惑から始まった訳ですが、本当に南原社長は殺人事件に何らかの関わりを持っているのでしょうかね」

「仮に南原フーズの保険会社への震災被害額の申告に不正があって、その事を知った藤井直子が、退職金の割り増しと再就職先の紹介を南原社長に求めたとしても、その事が藤井直子に対する殺害の動機になったかと言えば、事の重大さを考えると少し無理があると思うね。それに多額の退職金と再就職先の斡旋は、藤井直子からの要求ではなく、おそらく南原社長からの口止め料と考えた方が自然に思えるね」

「私も同感です。他に我々がまだ知り得ていない、南原社長にとって致命的な事案を藤井直子に知られて、更に多額の現金でも要求されない限り、直子に対する殺意には発展しないと思うのですが」

「確かにそうだね。ただ藤井直子の預金通帳には、八百万円の入金以降、不自然な入金の形跡は見られないし、その後の受け渡しが現金であれば別だが、藤井直子の性格からして、仮に南原社長にとって致命的な事案を知ったとしても脅迫と言った大胆な行動を取ったとは思えないね。今の捜査が現段階で犯人逮捕に繋がる道筋になっているとの確信は持てていないが、捜査線上に他に疑惑が浮かんで来ない以上、もう少しこの線で進めてみようじゃないか」

「そうですね。明日、川崎建設の石井本部長へのアポイントも取れていますので、何か新しい糸口でも掴めればと思いますが」

二人の刑事は早々に慰労会をお開きにして翌日の聴取に備える事にした。

川崎建設は、仙台市を中心に、マンション、オフィスビル、テナントビルの建設に優れた実績を持っており、震災後は震災復興公営住宅や仮設住宅などの公共事業にも精力的に営業活動を広げている、地元では中堅のゼネコンであった。川崎建設の応接間での名刺交換の際、宮下警部補の石井本部長への印象は、建設業界の第一線の現場で活躍する幹部に抱いていた、色黒で割腹のよい強面の人物と言ったイメージとは全くかけ離れた、仕立て映えするスーツに身を包み、突っ込みどころの無い洗練された若きエリートと言った人物であった。

石井本部長からの第一声は
「南原商事の門脇さんから新社屋建設の件で警察の方が伺う事があるかもしれませんと伝言がありましたが、何故警察の方が、然も捜査一課の刑事さんがいらっしゃるのか理解に苦しみますが」
「捜査内容について申し上げる事は出来ませんが、御社に対して何か嫌疑があって伺ったという事ではありませんので、ご協力の程よろしくお願いします」
「どんな事をお話しすれば良いのですか」
「南原商事の新社屋の建設にあたって、石井本部長さんから南原社長へ、かなり強力な進言があったと伺いましたが」
「その件でしたら南原社長から、予てより老朽化した西口の自社ビルが、仙台の一等地に相応しいテナントビルとして程遠いレベルだとの話がありまして、将来的には入居率にも影響してくるだろうからとの申し出があったものですから、当初は改修工事を検討しておりましたが、そんな時に大震災が起きまして、この際、改修工事をするよりは、建て替えた方は得策ですと進言させて頂いたのです」

「あれだけの建物であれば、かなりの建設資金が必要だったのではないですか」

「確かに容易く用意出来る金額ではありませんでしたが、手前どもが以前手掛けた賃貸マンションを担保にすれば、建設資金の一部に充てられるとの思いと新社屋の建設にあたっては既存のテナント様に一旦退去して頂く訳ですが、どのテナント様からも建設で生じる休業に対する補償を求められる事も無く、竣工後も引き続き入居を希望された事が、建設推進にあたって大きな後押しになりました」

「今が建て替えには、またとない機会ですとの話があったとも聞いておりますが」

「本社ビルが震災によって、かなり破損しまして、復興特別貸付、復興緊急保証などの公的支援策の対象物件としての条件に該当しておりましたので、支援申請を致しました。お陰様で、申請が無事に通って新築工事の計画を推進出来た事は、再建への最大の後ろ盾となりました」

「震災における支援策の事を指して絶好機と言われたのですね」

「その通りです。貸付に関しては、金利、貸付期間、据置期間が優遇されており、緊急保証が無担保で利用が可能だったので大変助かりました。これらの支援策が無ければ担保となる賃貸マンションや本社地価の担保価値を考えても新社屋の建設は難しかったと思いますね」

石井本部長への聴取は新社屋の建設の経緯について説明を求めたものであり、聴取内容は充分納得が出来るものであった。


帰署した宮下警部補に、長岡警部から戻り次第顔を出すようにとの伝言が入っていた。

「何かありましたか」

との宮下警部補の呼びかけに、長岡警部は苦虫をかみ潰したような表情で
「実は捜査二課の近藤警部から川崎建設へは、今後一切関わらないでほしいとの申し出がありまして、急ぎ現在の捜査状況について宮下君から聞いておきたいと思って来てもらった訳です」

「捜査二課が、川崎建設へのアプローチにクレームですか。しかし我々の訪問は捜査ではなく単なる事情聴取ですが」

「近藤警部には、仙台北部で起きた殺人事件の関連の聴取であって、それ以外の意図が

あってではないと説明しましたが、捜査二課では、別件で川崎建設への内偵捜査を半年以上前から進めていたらしく、石井本部長及び周辺への軽率な行動は、これまで捜査を台無しにしかねない事から極めて迷惑であり、自重して欲しいという話でしたね」
「捜査二課は、川崎建設にどんな嫌疑があって内偵捜査を行っているのですかね」
「近藤警部は、詳細については話して行かなかったですが、どうも震災復興事業に絡む公金の不正受給に対する捜査らしいです」
「こちらとしては川崎建設への聴取は、一旦終わっておりますので、今の所追加の聴取は考えておりませんが」

数日後、捜査一課にとって思わぬ展開が待っていた。捜査二課は入札における独占禁止法違反の疑いで、川崎建設本社に強制捜査に入り、県会議員の安田敬三と川崎建設の石井本部長それに南原商事の南原隆志の三人に対して、あっせん利得処罰法違反の疑いで逮捕に踏み切った。
独占禁止法違反については、災害復興公営住宅の建設に於いては、指名競争入札方式が採られていたが、指名された業者である建設会社同志が、事前に協議をして入札に参加し、工事代金の釣り上げを計って受注したとの疑惑に対する捜査であった。具体的には入札業者間の内部協議の中で、川崎建設が入札順の一番札を握っていた事から、川崎建設が工事受注出来るように、他社が川崎建設より高い工事金額で札入れし、適正金額を求める発注者側の利益を害した談合疑惑に対する強制捜査であった。

一方あっせん利得処罰法違反については、自治体が公費負担で被災者の再建に使うべき震災復興補助金を、南原商事本社ビル建設に伴う解体工事に於いて、県会議員の安田敬三の行政に対する働きかけによって、川崎建設が不正に受注した事への疑惑であった。

この件についての具体的な詳細は、捜査二課の発表を待たなければならなかったが、数日後、安藤管理官による二課への働き掛けによって、一課の捜査に関わりがある公費負担による補助金の不正受給についての詳しい情報がもたらされた。

捜査資料によると、東日本大震災の解体工事は、震災廃棄物等の処理事業の一環として国庫補助対象の事業であったが、公費での解体工事には、基本的に自治体が指名した業者が行うとの規定があり、更に現地調査の段階で、明らかに建物が地震の影響で維持困難になったとの判定が必要であった。

当時、川崎建設は、解体業者としての指名を受けておらず、この時点では南原商事から新社屋の建設を請負う業者として指名されていたに過ぎなかった。嫌疑の主犯である県議会議員の安田敬三から本社ビルの補助金による解体工事に対して、新ビル建設工事と解体工事を一括で行った方が、解体工事を単体の業者で行うよりも公費負担に対するスケールメリットが生じるのではないかとの働きかけが担当部門に対して行われ、その結果、川崎建設が解体業者として指名され、一億円近い解体工事費が本来の業者選定の規定に沿うこと無く、川崎建設が受注した事に対する、あっせん利得処罰法違反での逮捕であった。

立証はまだされていなかったが、川崎建設には行政が負担する解体費用に、ビル建設工事費の一部を組み込んで、水増し請求した疑惑も持たれていた。

南原隆志については、川崎建設の石井本部長と結託して、安田代議士に、本社ビル建設に於ける解体工事に、震災復興事業の補助金を支給するよう行政への働きかけを依頼し、本社ビルの建設費の軽減を計った、あっせん利得処罰法違反での逮捕であった。過日の門脇課長への聴取での、建て替える程の被害には見えなかったとの証言からも疑惑は深まるばかりであった。

更に別件で、南原商事から安田敬三に対する五百万円のヤミ献金の受託即ち政治資金規正法違反の捜査も合わせて行なわれていた。実際にはヤミ献金事態に贈収賄罪を適応する事は極めて困難であったが、政治資金収支報告書に記載すべき金額であるにも関わらず、報告書から除外されていた事に対する不記載罪、虚偽記入罪にあたるとの判断からの捜査であった。


当初、捜査一課は、南原隆志が損害保険会社から不正に受領した保険金の事実を知った藤井直子に対する殺人事件として捜査を進めて来たが、仮にその事で藤井直子から口止め料と再就職への斡旋の要求があったとしても、それだけでは殺害動機として弱いのではないかとの当初からの意見もあり、他に何か南原隆志にとって藤井直子を殺害しなければならない事案があったのではないかと考えられていた。

そんな中で南原隆志が捜査二課に、あっせん利得処罰法違反の疑い逮捕され、更に南原商事から安田敬三へのヤミ献金が判明した事で、新社屋建設への発注時期に、南原商事と南原フーズの経理を兼務していた藤井直子が、震災復興補助金の不正受給と安田敬三へのヤミ献金の供与に関する裏事情を知り得た立場にあった事から、万一これらの不祥事が明るみに出れば、南原商事にとって会社存続に関わる不祥事であり、その事を知った藤井直子対する殺害動機が生まれた可能性を否定出来ないとの判断から、捜査方針を転換する事になった。

更に損害保険会社への不正申請の疑惑については、当時、南原商事の担当者であった坂本民夫の

「確かに仙台港のビルでの被害は、国分町近くの旧ビルで被災するよりも、津波による被害の有無と倉庫のキャパシティの違いを考えれば被害は甚大であり、保険金の額も違ったと思いますが、だからと言って噂話にあるような多額の金額が支払われる事はありませんし、当社としては会社規定の沿った金額で合法的に処理された案件であると考えておりますので再調査する予定はありません」

との証言により、保険金の不正申請に絡むとされた殺害への動機は消滅する事になった。

その後の捜査で南原商事の総務課長の門脇に、十二月二十五日の南原隆志のスケジュールについて確認が取られた。

「当日は通常業務後、夕方五時からホテルスカイビューで開かれた、業界のクリスマスパーティーに出席しておりました」

「業界と言いますと」

「賃貸ビル管理協会の月例会ですが、毎年十二月の月例会は、二十五日に恒例のクリスマスパーティーを兼ねて開催されておりました」

「門脇さんも、そのパーティーに出席されていたのですか」

「私は出席しておりませんでした。クリスマスパーティーには、ほとんどの方が家族ぐるみで出席されておりまして、南原社長も毎年奥様、お子様達と一緒に出席されておりましたが、今回は、お一人での出席でした」

「それはどうしてですか」

「その件については、伺っておりませんので分かりません」

「そうしますと、当日の動向は関係者に聞かないと分かりませんね」

「そういう事になります」

「主催者である賃貸ビル管理協会の所在地と連絡先を教えて頂けますか」

宮下警部補と溝口主任は、早速、管理協会の事務局を訪ねて当日の南原社長の動向について聴取する事にした。当日の運営責任者であった樋口徹に、南原隆志の出席について尋ねると
「パーティーは定刻の夕方五時から六時半まで行われまして、南原社長にも出席頂いておりました」

宮下警部補が
「最初から出席されていましたか」

「南原社長は昨年、新社屋を竣工されまして、賃貸ビル管理協会と致しましても業界の発展に寄与されたという事で、開会の挨拶をお願いしておりましたので、最初から出席頂いておりました」

「それでは最初から最後までいらしたのですね」

「いいえ、六時前には途中退席されてお帰りになりました。お帰り際にお声掛けした所、クリスマスパーティーは、前日のクリスマスイブに、ご家族で済まされていて、これから大事な予定があるので失礼しますと言って会場を後にされました。パーティーは、六時からサンタさんによる子供たちへのクリスマスプレゼントの贈呈が行われましたので、奥様とお子様が参加されていなかった事から、それを機に帰られたのだと思いますが」

樋口徹への聴取の中で、溝口主任は、大事な予定があって途中退席したとの話に何か引っ掛かりを感じていた。

翌日、宮下警部補と溝口主任は、南原商事の門脇を再度訪問していた。
溝口主任が
「南原社長は、通常の業務をされてからスカイビューホテルに向かわれたとの話でしたが、何時ごろ会社を出られたのですか」
「ホテルへは、会社から歩いても十分程ですので、当日は四時半過ぎに出られたと思いますが」

「それでは歩いて行かれたのですね」

「月例会は、毎回スカイビューホテルで行われておりますので、常に徒歩で出席されておりました」

「当日大事な予定があるという事で途中退席されたようですが、何か仕事上の予定があったのでしょうか」

「私は何も伺っておりませんので分かりませんが、オフィシャルな予定は無かったと思いますが」

後日の捜査会議に於いて、藤井直子への殺害の動機を持つ南原隆志のパーティー退席後の足取りを掴む事が、捜査本部の最優先事項となった。

一方で事件当日は、平日であった事から、いずみ地所へ藤井直子の当日の退社時刻についても確認が取られた。

稲垣社長は

「就業時間は午前八時半から午後五時半までですが、殆ど残業は無かったと思いますね。当日のタイムカードを確認すれば、はっきりする事ですが」

その時同僚だった望月恵子が
「連休明けのクリスマスでしたので、藤井さんに、今日は素敵な予定でもあるのと聞いたら、真っ直ぐ帰りますと言ってましたね」

この証言から当日は定刻の退社であったと思われた。いつものように、藤井直子が何処にも立ち寄らずに帰宅したとすれば、地下鉄を利用して会社とアパートそれぞれの最寄り駅へは徒歩とすれば、四十分程の所要時間であり、六時過ぎには帰宅していたと思われた。

犯行には、殺害現場へタクシーや地下鉄を利用すれば、目撃情報に繋がる恐れがある事から車を使ったと考えられた。

六時前にホテルを出た南原隆志が、会社に戻って車で犯行現場に向かったと仮定して、時間的に犯行が可能だったのかの検証が行われた。南原商事から犯行現場のアパートまでは、法定速度で二十分程度の距離であり、犯行は可能であると考えられた。但し現場周辺は閑静な住宅が立ち並ぶエリアであり、路上駐車をすれば不審車両として通報された可能性があり、この点についての捜査も並行して行われた。

聞き込みの結果、現場から十数メートル先のコインランドリーで、犯行時間帯に近所に住む大学生の藤田順也が、店頭に駐車していた不審な車を目撃していた。早速、専従担当の大川警部補によって藤田順也への聞き取りが行われた。

「コインランドリーに来られたのは何時ごろだったのですか」

「正確には覚えていませんが、夕方の六時過ぎだったと思います」

「こちらはよく利用されるのですか」

「よくと言う程ではありませんが、時々利用しています」

「店先に駐車している不審な車を目撃されたと伺いましたが」

「そうなんです。一台の車が駐車していたのですが、店内には誰も居ませんでした」

「それは確かに変ですね」

「僕もその点を不審に思ったのですが、他に動いている洗濯機が無かったので、その時は近所に来た人が、無断で駐車しているのかと思っていました。ここのコインランドリーは洗濯機も旧式ですし、駐車場も店先に三台分のスペースしかないので、あまり人気がなくて、いつもガラガラなんです」
「所で藤田さんは、その事を昨年の十二月二十五日の夕刻だと、どうして正確に覚えていらっしゃるのですか」
「当日のクリスマスの夕方まで、近くの洋菓子店でアルバイトをしていまして、長期のバイト中に溜まった洗濯物を、まとめて持って来たのがバイト最終日の二十五日の夕方だったので、よく覚えているんです」
「こちらのコインランドリーには、洗濯が終わるまでずっといらしたのですか」
「洗濯が始まって直ぐに一旦自宅のアパートに戻りました」
「洗濯の途中にですか」
「洗濯には結構時間がかかりますので、他にも席を外す人いますよ」
「その車は何時ごろまで止めてあったか分かりますか」
「自宅のアパートから戻ってきた時には、車は無かったですね」
「何時ごろ戻られたのですか」
「確か七時少し前だったと思いますが」

「車種とかナンバーは覚えていませんか」

「車の事については、あまり詳しい方ではないので、白い軽自動車だったとしか覚えていませんね」

この証言を受けて南原商事の社用車を調べた所、五台の社用車中三台が軽自動車で、然も三台ともボディは白色であった。

捜査会議の席上、長岡警部が
「南原隆志が六時前に会社を出て藤井直子を殺害し、天ぷら鍋の乗るガスコンロに着火して六時半過ぎに逃走する事は、時間的にはギリギリですが可能だった思いますね」
その時、安藤管理官に
「当日の道路状況は、どうなっていたのかね」と質問された小林主任は
「道路交通情報センターの情報によりますと、当日はクリスマスと五、十日が重なった事で、市内の多くのエリアで渋滞が発生していましたが、市内中心部から藤井直子のアパートへの幹線道路の夕方六時から七時にかけての道路状況は、大きな渋滞の発生も無く、比

較的スムーズに流れていました」

長岡警部は

「前にも言った事ですが、通常、被疑者の心理とすれば事件の発覚は、なるべくを遅れさせたいと考えると思うのですが、今回の犯行では、わざわざ火災を発生されて一刻も早く犯行の事実を知らしめている所に、何か他の意図があったのではないかと思えてならないのですが」

その時、安藤管理官が

「犯人が南原隆志だとすれば、着火から発火までの時間をアリバイ工作に利用したのだと思うね。仮に六時半前後に犯行現場から逃走すれば、車を止めていたコインランドリーまでの時間を考えても七時頃には会社に戻れる訳で、そのタイミングで友人と待ち合わせをするとか馴染みの店に飛び込めばアリバイとしては有力になるんじゃないかな」

他に闊達な意見が出なかった事から長岡警部から

「ここで再度、今迄上がった捜査内容を整理してみようじゃないか」と提案が出された。

会議の席上、溝口主任から現状の捜査内容の中で未解明な点についての報告がされた。

＊凶器として使われた包丁が被害者の物なのか、犯人よって持ち込まれた物なのか確定されていないが、いずれにしても百円ショップ等で広く売られている量産品である事から購入者の特定は極めて難しい状況である

＊天ぷら鍋については、犯行前に藤井直子本人によって既に加熱されていたものなのか、犯人によって計画的に加熱されたものか未解明であるが、鍋周辺に天ぷらの具材が置かれて無かった事から犯人によって着火された物と考えられる

＊着火が犯人によるものとした場合、てんぷら油の発火時間について、油糧とプロパンガスの熱量から発火までの時間についての知識を犯人はどのようにして知り得たのか分かっていない

＊犯行に必要な天ぷら鍋とてんぷら油を、事前に確認していたのかについても不明である

＊現場に残されたトイレの指紋について、特定されていない

以上の点が報告がされた。

安藤管理官からは

「南原隆志を容疑者として考えられても犯人と断定するだけの決め手は、今の所何処にも見当たらないようだね」

との結論であった。


翌日宮下警部補と溝口主任は南原商事の本社に再度、門脇課長を訪れていた。

溝口主任が
「門脇さんは解体工事に絡む公金の不正受給について、当時、経理担当だった藤井さんが何らかの事情を知っていたと思いますか」

「その点については捜査二課の刑事さんからも聞かれましたが、確かに藤井さんが南原フーズの残務処理を終えて退職した時期と川崎建設に新社屋建設の発注をした時期が被っていましたが、だからと言って不正受給について知っていたかと言う点については、総務課である私には、経理に絡む事ですので分かりませんね」

「社長は安田代議士と以前からお付き合いがあったのですか」

「私の知る限り、社長は財界の方との付き合いはありましたが、政界の方との付き合いは無かったと思いますが」

「であれば川崎建設の石井本部長の紹介で知り合ったと言う事でしょうか」

「おそらく本社ビル建設の際に知り合ったのだと思いますが」

門脇への一通りの聴取を終えて南原商事の本社を出た時には、サラリーマンが仕事を終えて帰路に就く時刻になっていた。街中を行き交う人の波は、滅多に繁華街を歩く事のない二人の刑事にとって、普段は目にしない活気に溢れた街並みの光景であった。

溝口主任が
「さすがにアーケード街の人混みは凄いですね」

その時、宮下警部補が
「そうか溝口君、今日はバレンタインデーだから特に混雑しているんだよ」

「警部補、今日がバレンタインデーだと、よく知っていましたね」

「実は今朝、署に着いたら篠原君からの義理チョコが机の上に置いてあったのを思い出したものだから」

確かに繁華街の街路樹は、銀白色のイルミネーションで飾られ、バレンタインデーに相応しい演出がされていた。

「我々にとって、バレンタインデーとは縁が無いので、取り敢えず何処かで飯でも喰って行こうじゃないか」

宮下警部補の誘いで二人は、国分町の飲み屋で一杯やりながら食事をする事にした。東北一の繁華街は、バレンタインデーの為か、多くの若者で賑わっていた。入店した居酒屋も仕事帰りの客で込み合っていた。テーブル席がいっぱいだったので、カウンター席で飲む事にした。

注文を終えるなり溝口主任が
「藤井直子は、公的補助金の不正受給について何らかの事情を知っていたのでしょうかね」

「今の所、門脇課長が言っていたように、退職した時期が微妙なので、実際に藤井直子が不正受給に対する裏事情を知っていたかは、現段階では何とも言えないね」

「藤井直子にとっては、南原社長から多額の退職金と再就職先を斡旋して貰っている訳ですから口止め料としては充分だったと思いますが」

「二課からの捜査資料を基に捜査会議でも討議されたように、仮に藤井直子が一連の不正行為を知っていたとして、南原隆志にとっては、あっせん利得処罰法違反で万一摘発される事なれば、南原商事にとっては会社の破綻に繋がりかねない不祥事であり、捜査が身辺に及んだと考えた段階で、藤井直子に対して殺害という確実な口止めをしたとしても不思議じゃないと思うね」

その時、隣りに座っていた若い女と中年男の会話が耳に入って来た。

連れの女が
「辰ちゃん、今日は忙しい中、本当に恩に着るわね」

すると辰ちゃん呼ばれていた中年の男が
「同伴日ぐらい協力させて貰いますよ。日頃世話になっているのは、こちらの方なんですから。ノルマ達成しないとペナルティ大変なんでしょ」

「そうなのよ。ここの飲み代は私の奢りとさせて頂きますので、八時の開店にはよろしくお願いしますね」

「お任せください」

こんな他愛もない会話を耳にした溝口主任が突然
「宮下警部補、事件当日は確か連休明けの火曜日のクリスマスでしたね。どこの店も前日の営業休みのクリスマスイブの分まで挽回して稼ぐ必要があった訳ですから、もしかしたら事件当日も今日のように同伴日になっていた可能性がありませんか」

「なるほど同伴日であったとすれば、南原社長がキャバクラを訪れていた可能性は充分考えられるね。確か以前、森宗社長の所へ行った時に、南原社長が、自分の賃貸マンションに住んでいるキャバクラ嬢と同伴日に頻繁に来店していると言う話をしていたね」

「森宗社長に早速確認する必要がありますね」

「今は森宗社長の連絡先が分からないが、おそらく最初に訪れた旗艦店のローズモントにいると思うので、開店と同時に行ってみようじゃないか」

「仮に南原隆志が開店の八時に入店したとすれば、犯行現場で火災を発生させて七時前に逃走すれば、時間的には充分余裕がありますね」

「そうとは限らないと思うね。溝口君は同伴日をまだ理解していないようだが、大抵は入店前に客と何処かで待ち合わせてから入店するので、待ち合わせた時間を確認しない限り、事件への関与の有無については確定出来ないと思うね」

二人の刑事は、開店時間である八時を待ちきれない思いで、居酒屋で時間を潰す事にした。


ローズモントを訪れると開店して間もない時間であった為か、店内には二、三人の女の子とウェイターがいるだけで、客の姿は見受けられなかった。

その中で森宗社長の姿を見つけた溝口主任が
「森宗社長、ご無沙汰しております。その節は大変お世話になりました。本日はちょっとお聞きしたい事がありまして伺いました。忙しい所申し訳ありませんが、ご協力よろしくお願いします」

森宗社長にとって商売の書き入れ時であるバレンタインデーに招かざる客であり、到底上客にはなり得ない刑事の訪問は、煩わしく迷惑な話であった。

「刑事さん、今日はどうなされたのですか、正直、本日は非常に忙しいので、お相手している時間はありませんが」

「時間は取らせませんので一つだけ教えて頂けますか」

「どんな事でしょうか」

「昨年のクリスマスですが、こちらのお店は同伴日になっていましたか」

「昨年のクリスマスは、前日のイブが休日でしたので、前日の売り上げ分もカバーしなくちゃいけなかったので、クリスマスを同伴日として営業しておりました。女の子達にも常連客への声掛けに頑張って貰いました」

「当日、南原社長は、来店されていましたか」

「確か来店して頂いたと思いますが」

「同伴日という事であれば、どなたかお店の方と一緒に入店されたのでしょうか」

「汐里さんと同伴したと思いますが」

「その汐里さんは、本日出勤されていますか」

「本日も同伴日ですので、おそらくお客様と何処かで待ち合わせをして、開店の八時過ぎには来ると思いますが」

宮下警部補と溝口主任は、汐里が出勤するまでカウンターの隅で待たせてもらう事とし

た。森宗社長から
「刑事さんも何処かで飲んでいらしたみたいですので、何かお酒でもお出ししましょうか」
「どうぞ気を使わないでください。飲んではいますが、一応まだ仕事中ですので」
ローズモントは三十階建てのタワービルの二十八階にあり、高級店に相応しい豪華な内装と仙台の夜景が一望出来るキャバクラとして人気の高い店であった。溝口主任にとっては函館市や神戸市の海の夜景とはひと味違う、新婚旅行で行った京都タワーから眺めたビル群の夜景を思い出させる光景であった。八時の開店直後に、一組のキャバクラ嬢と中年の客が入店して来た。間もなく森宗社長が二人の刑事のもとに、先程入店したキャバクラ嬢と連れ立って現れ
「忙しいところ悪いのだけれど、刑事さんが汐里さんに聞きたい事があるという事なので、お尋ねに答えてあげて下さいね」
とだけ言ってカウンター奥へ消えて行った。お店で汐里と呼ばれている女性は、二人の刑事の生活圏では決して見かける事のない、夜の業界に相応しい華やかな雰囲気を持った

女性であった。

「こんな日に何ですか、お客様を待たせる訳にいきませんので手短にお願いしますね」

と幾分不機嫌な様子であった。

溝口主任から
「お忙しい所すいません、早速ですが昨年のクリスマスに南原商事の南原社長と同伴出勤されたと伺ったのですが、間違いありませんか」

「間違いありませんよ、その件で何か」

「一緒にお出でになったという事は、どちらかで待ち合わせをしてから入店されたのでしょうか」

「お店近くのお寿司屋さんで一緒に食事をしてから入店しました」

「寿司屋での待ち合わせは、事前に時間を決めておられたのですか」

「南原社長とは、お寿司屋さんで七時の待ち合わせでしたが、お待たせしないように五分程前に着いた時には、既に社長はカウンター席に座ってビールを飲んでいました」

「という事は、南原社長はだいぶ前から来ていたという事ですか」

「いいえ、お待たせしてすいませんと言ったら、社長から僕も今来た所だよと言って頂いたので安心した事を憶えています」

「去年の事なのに随分細かい所まで憶えていらっしゃるのですね」

「実はその日、南原社長からクリスマスプレゼントを頂いたものですから、よく憶えているんです」

「クリスマスプレゼントですか、差し支えなければ南原社長からのプレゼントについても教えて頂けますか」

「M百貨店に出店している高級ジュエリーショップのピアスをプレゼントして頂きました」

「ピアスですか、それは汐里さんのご希望で」

「いいえ違います。でもブランド物のピアスが欲しかったので、凄く嬉しかった事を憶えています」

二人の刑事は忙しい中、時間をとってくれた森宗社長と汐里に捜査協力への礼を言ってローズモントを後にした。宮下警部補と溝口主任は、互いに重苦しい空気を感じながら、

しばらくの間、会話をする事無く飲み屋街を歩いていたが、溝口主任から
「プレゼントを貰ったので、よく覚えていますとは随分現金な物言いですが、南原隆志が七時前に待ち合わせ場所である寿司屋に居た事実は、犯行が南原隆志に依るものとした場合、当日、社用車を会社ではなく、待ち合わせ場所の寿司屋近くに駐車したとしても、ギリギリのタイミングですね」
宮下警部補も
「確かに犯行当日の六時近くまでスカイビューホテルにいた南原隆志が、藤井直了を殺害して、七時前に寿司屋のカウンターに座っていたと言う事実は中々厳しい状況に思えるね」
「南原隆志の当日の行動が明確になるたびに立証は難しくなっていきますね」
「先ずはクリスマスプレゼントが当日購入された物なのか、明日、M百貨店に行って確認する必要があるね」
「確かにクリスマスプレゼントが事前に用意されていた物では無く、同伴日の汐里に会う直前に購入されたものであれば、南原隆志による犯行の可能性は完全に消滅する事になり

ますね」

この時点で、既に立件には極めて厳しい状況にある事を二人の刑事は充分理解していた。

翌日二人の刑事は、M百貨店のジュエリーショップを開店と同時に訪れていた。溝口主任からショップマネージャーの永井悟に対して、昨年のクリスマスに、南原社長が、店を訪れてピアスを購入したかについての確認が取られた。

「南原様は、当店を年に何度もご利用頂いているお客様ですが、昨年のクリスマスの来店については、私自身承知しておりませんので、南原様の接客担当である梶山美代子という者がおりますので少々お待ちください」

程なくして南原社長の担当であると言う女性スタッフが現れ
「マネージャーの永井から聞きましたが、昨年のクリスマスに南原様にピアスを購入頂いたかとのお尋ねですが、確かにご購入頂いております」

溝口主任が
「その日の来店は、事前に南原社長から連絡があっての事だったのでしょうか」

「午前中に二十代の女性に、クリスマスプレゼントを贈りたいので適当な物を見繕っておいてほしいと依頼を受けておりました」

「南原社長は、何時ごろ来店されたのでしょうか」

「確か午後六時過ぎに来店されたと思いますが」

「帰られたのは何時ごろでしたか」

「お約束の時間が迫っていたようで、三十分程で帰られました」

「プレゼントとして何故ピアスだったのでしょうか」

「二十代の女性にはネックレスと言ったものより人気の高いアイテムのひとつですし、指輪を選ばれる方も多いのですが、不特定の方に贈るのであれば、指輪程高価で無い上に指輪と違ってサイズ物でないので、こちらとしてもお勧めし易いアイテムと言う事からです。

刑事さんも奥様に如何ですか」

二人の刑事にとって、妻への結婚指輪を買って以来入った事のない領域であり、刑事の身分ではとても手が出せない価格であった為、長居は無用とばかりに礼を言って署に戻る事にした。

早速、二人の報告を受けて緊急の捜査会議が開かれた。

長岡警部から捜査員全員に、南原隆志に対する殺人容疑での捜査は、アリバイが成立した事で、ふりだしに戻ったと報告された。今後の捜査については、再度現場での徹底した聞き込み捜査と過去の周辺地域での不審情報の掘り起こしを中心に行う事が、今後の捜査方針として示された。

所轄警察署と連携して、犯行日から遡ること半年以内に、周辺で発生した事件について検証する事になった。その結果、一件の下着泥棒の事案が確認されたが、犯人は既に逮捕されており、それ以外に放火、強盗、空き巣などの重大事件は発生していなかった。その他にも不審者情報や近隣の商店での万引きの有無など、あらゆる面からの情報収集が行われたが、特筆すべき案件は報告されなかった。

神山主任は、現場向かいのコンビニエンスストアの西村店長への挨拶を兼ねて、情報収集に訪れていた。

「その節は大変お世話様になりました」

「今日はどうされたのですか、所で犯人は捕まりましたか」

との西村店長の質問に答える事なく
「ここ半年位の間で、噂話でも何んでも構いませんので、不審な情報を耳にした事はありませんでしたか」
「この辺は閑静な住宅地で、元々事件性のある出来事など殆ど無い地域ですので、何かあれば地域で唯一の商店である当店になんらかの情報が入っている筈ですが」
「そうですか、事件性に拘らずに、ここ半年間か、それ以前でも気になった事はありませんでしたか」
「そう言われましてもねえ」
と言って、しばらく考え込んでいたが、
「事件ではありませんが、以前当店に来店したお客様が、突然店内で倒れられまして、直ぐに救急車を呼んだのですが、その後運ばれた病院で亡くなられたと言う事がありましたね」
「それはいつ頃の事ですか」
「確か一年近く前だったと思いますが」

「一年前ですか」

神山主任は、今回の事件に関係なさそうだなと思いつつ
「当時は、どんな状況だったのですか」

と聞き直すと
「その日は親戚に不幸がありまして、私も妻も夕方から不在だったものですから、日勤パートの澤田さんに延長勤務をお願いしまして、帰って来てから事情を聴いたのですが、澤田さんの話では、月に二、三回程度、来店されていたお客様らしく、彼女の勤務時間が午後一時から六時までの勤務でしたので、その時のように六時以降にも来店されていたのであれば、ご近所にお住まいの方だったのかもしれませんね」

事件への関連は無さそうだと考えたが、一応本部に報告をする事にした。

神山主任より、コンビニの西村店長の証言とその後の調査結果が報告された。

「コンビニエンスストアで、一年程前に来店した男性客が、突然店内で倒れて、救急車で緊急搬送された件ですが、搬送先の病院で亡くなったという事でしたので、念のため管轄消防署に問合せて搬送先の病院に確認した所、患者の死因は急性クモ膜下出血によるもの

でした。氏名は秋元智也、年齢五十六歳、住所は仙台市泉区〇〇台三丁目五の一です」

この報告を聞いていた長岡警部が
「パートの澤田とも子が、午後の一時から六時までの勤務時間でも月に二、三回程度見かけているという事は、店長が言う様に、他の時間帯にも今回のように来店していたとすると、近所に住んでいる客かもしれないと思うのは当然の事だが、神山主任の報告では、秋元智也の自宅はコンビニエンスストアから十キロ以上も離れているのに、頻繁に来店していたという点が少し引っかかるね。コンビニの販売品目が主に食料品や日用品である事を考えると、秋元智也は、このエリアに知り合いがいたか、或いはイレギュラーな生活圏を持っていたのかもしれないな。殺人事件との関連については、まだ分からないが、現場の然も向かいのコンビニからの情報と考えると少し深掘りして調べる必要がありそうだね」

捜査会議では、他にこれと言った意見は出なかったが、捜査員達は長い捜査経験から秋元智也の現場周辺での行動に釈然としない物を感じていた。

コンビニへの聞き込み捜査は、大川警部補と神山主任の二人が担当する事になった。

神山主任から西村店長に
「店長、先日お話にあった澤田さんですが、本日は出勤されていますか」

「澤田さんは昨年の四月に辞めましたが」

「それは何か事情があっての事ですか」

「実は澤田さんのご主人は、長く糖尿病を患っておられたのですが、昨年の三月に亡くなりまして、その後、東京にいる息子さん夫婦の所で同居する事になって辞められました。私共としては、もっと長く働いて貰いたかったのですが」

「引っ越された東京の住所は、お分かりになりますか」

「確か年賀状が来ていたと思いますので、ちょっとお待ちください」

と言って店舗二階の自宅から一枚のハガキを持って来た。

「住所は東京都大田区大森北〇丁目〇〇ですね。そう言えば、この間お話ししなかったのですが、秋元さんの奥様が、ご主人を亡くされた直後に、色々とお世話様になりましたと、ご丁寧に菓子折りを持って来られました」

「その時、店長はお会いになったのですか」

「その時も澤田さんが勤務していた時間帯でしたので、私はお会いしていません」

「そうですか、その時、澤田さんと秋元さんの奥様が、どんな話をされたか聞いていませんか」

「具体的には何も聞いていませんね」

これ以上の情報については澤田とも子に直接会って聞くしかないと判断し、一旦引き上げる事にした。


澤田とも子への聴取は、大森警察署へ捜査協力を依頼して、捜査一課の塚田主任が澤田とも子の転居先に向かう事になった。

澤田とも子の息子である澤田憲一の自宅を訪れた塚田は、応対に出てきた憲一の連れ添いの澤田綾子に
「大森警察署の塚田と言います。本日、澤田とも子さんは、ご在宅ですか」

「義母さんでしたら出かけておりますが、どんなご用件でしょうか」

「義母さんが仙台で働いていたパート先での件で、お聞きしたい事がありまして伺いまし

た」

「今は近くの公園に娘を連れて散歩に出かけておりますが」

公園の場所を教えて貰い行ってみると、三歳ぐらいの女の子と砂場で遊んでいる白髪の婦人を見かけて
「突然お声がけしてすいません。澤田とも子さんですね。大森警察署の塚田と言います。息子さんの所に伺ったら、こちらの公園にいらっしゃると聞いたものですから」

「警察の方が何の用ですか」

「一年程前の事ですが、仙台で働かれていたコンビニエンスストアの店内で、来店した男性客が、突然店内で倒れて、救急車で搬送されたという事があったと思うのですが」

「よく憶えていますよ、その件で何か」

「店長の西村さんの話では、その時対応されたのが、澤田さんだったと伺ったものですから」

「対応したと言っても、あの時は突然お客様が店内で倒れられたので、慌てて救急車を呼んだだけで、後から亡くなられたと聞いて、お気の毒な事だったと思っていました」

「その男性客は、よくお店にいらしていた方だったとお聞きしましたが」

「月に二、三回程、お越し頂いていたと思いますが、今考えると殆どが週末の土、日の来店でしたね」

「ちなみにどんな物を買って行く事が多かったですか」

「そうですね、主にお酒類や調理済みのプライベートブランドの食品が多かったですが、甘い物もお好きだったらしく、毎回何点かスイーツも買って行かれてましたね」

「スイーツですか、話は変わりますが、その方はいつも車で来店されていましたか」

「大抵は徒歩で来店していたと思いますが」

「という事は近所にお住いの方だったのですかね」

と敢えて秋元智也の自宅がコンビニから十キロ以上離れている事を伏せて聞いてみた。

「お店に来た時以外は見かけた事がありませんので、何とも言えませんね」

「後日その方の奥様が挨拶に来られたと店長さんから伺いましたが」

「秋元さんとおっしゃる方でしたが、ご主人の件で、お店に迷惑を掛けた事へのお詫びとお世話になった事へのお礼とおっしゃって菓子折りを持って来られました」

「その時、秋元さんの奥様と挨拶以外に何か他に話されましたか」

「二、三何か話をしたと思いますが、はっきりとは覚えていませんね」

「そうですか、ではそれ以外に何か気が付いた事はありませんでしたか」

「気が付いた事と言われましても、いちいちお客様を観察しながら接している訳ではありませんので、特にはありませんね」

「この写真の方ですが、お店のお客さんではありませんでしたか」

と藤井直子の写真を見せたが
「見覚えありませんね」

との返答であった。その時、砂場で遊んでいた孫娘がぐずり始めたので、聴取はここまでにして切り上げる事にした。

捜査本部では塚田主任からの報告を受けて捜査会議が開かれた。
長岡警部が
「塚田主任からの報告書を見ると、大筋で我々が把握している内容と変わらないが、新しい情報としては、主な購入品目の具体的な内容と大抵が徒歩での来店であり、殆どが週末の土、日であったという点だね」
その時、捜査会議に出席していた安藤管理官が
「大森警察署の塚田主任の聴取に不足があったという訳ではないが、秋元恵子が以前、コンビニエンスアに来店した際に、澤田とも子とどんな話をしたのか気になる所だね。こちらからも東京に出向いて行って、もっと細かい点についても確認する必要がありそうだね」
この発言を受けて、溝口主任と篠原裕子が翌日の朝一番の新幹線で、東京に向かう事になった。篠原裕子にとっては、大学卒業以来の久しぶりの東京訪問であり、懐かしさからの高揚感を覚えていた。一方溝口主任は、今回の出張で、事件への突破口といかないまでも、一筋の光明を掴んで来るとの強い決意で臨んでいた。
再度の訪問に澤田とも子は
「今度は宮城県警さんですか、この間、大森警察署の塚田さんに全てお話ししましたが」
と度重なる警察の訪問に困惑気味であった。

溝口主任が
「先日の聴取の折、聞き逃した件がありまして、何度も申し訳ありませんが二、三の質問で済みますので、ご協力お願いします」
「どんな事でしょうか」
「秋元さんの奥様が、お世話になったお礼と言われて来店されたと伺いましたが、その時どんな話をされたか覚えていませんか」
「そう言われましても、一年近くも前の話ですから、はっきりとは覚えていませんね」
「亡くなった秋元さんは、何年ぐらい前からお店に来るようになったのですか」
「私がコンビニで働き始めたのは四年程前からですが、その頃には、いらっしゃっていたと思いますが」
「では、四年以上前からと言う事になりますね」
「それ以前の事は、私には分かりませんが」
篠原裕子からは
「秋元さんは、いつもどんな服装で来店されていましたか」

「大抵はスーツ姿でしたが、普段着の時もありましたね」

今度は溝口主任が
「何度も同じ質問で恐縮ですが、徒歩で来店されていたと聞きましたが、澤田さんは秋元さんを店以外で見かけた事は無かったですか」

「店にお出でになった時以外、見かけた事はありませんが、店の中から店の前の道路を渡って、向かいのアパートの方に歩いて行くのを何度か見かけた事はありましたね。その先の事は分かりませんが」

「ちょっと待ってください。私達は何度もコンビニに伺っていますが、お店の前は駐車場で、向かいのアパートは、お店から死角になって見えないと思いますが」

「刑事さんのおっしゃっている事がよく分かりませんね。向かいのアパートは死角どころか真正面に見えている筈ですが」

「申し訳ないのですが、澤田さんの記憶にあるコンビニとアパートの位置関係を、私の手帳に書いて貰えませんか」

ラフ書きではあったが、それを見た溝口は

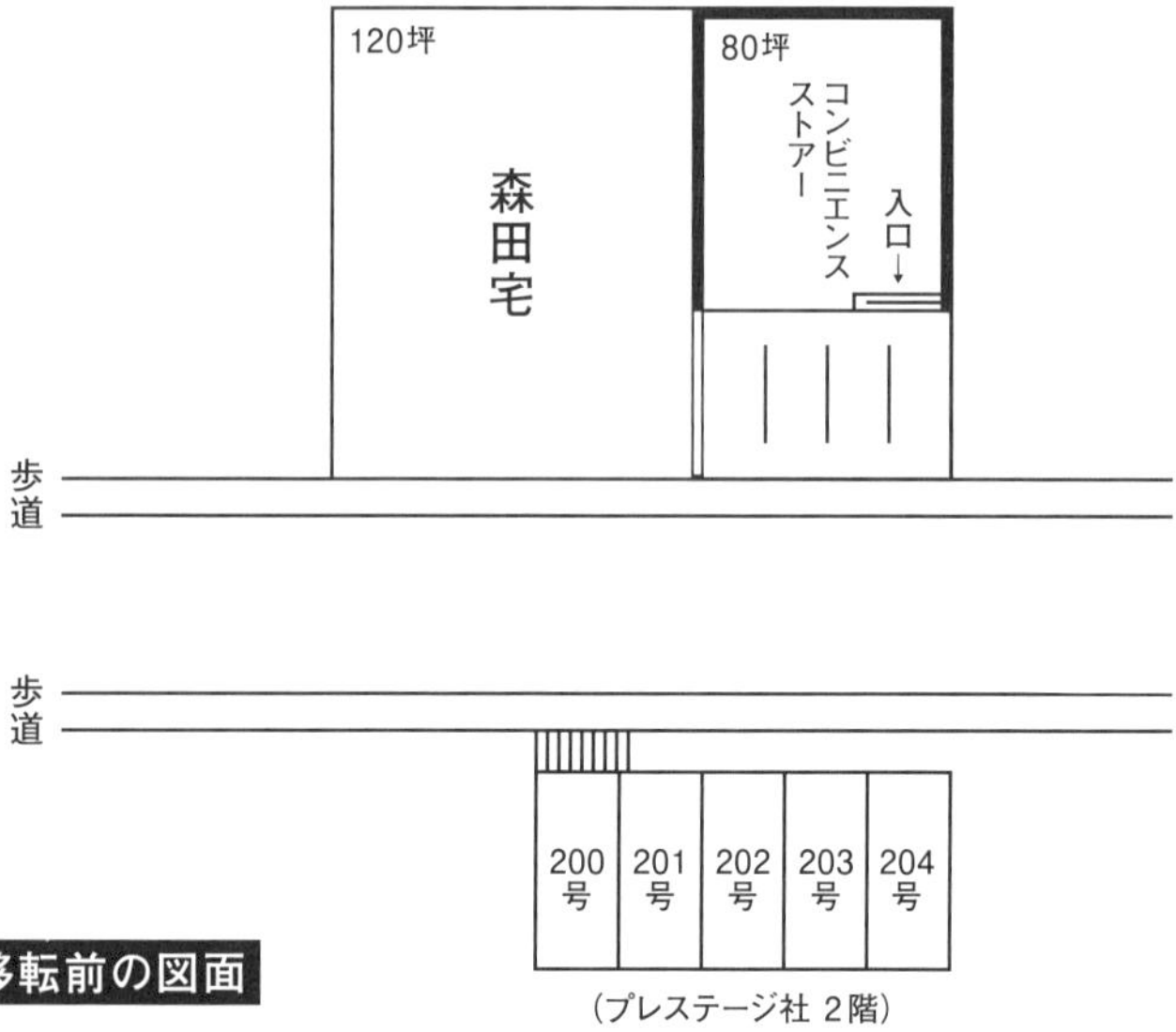


**移転前の図面**

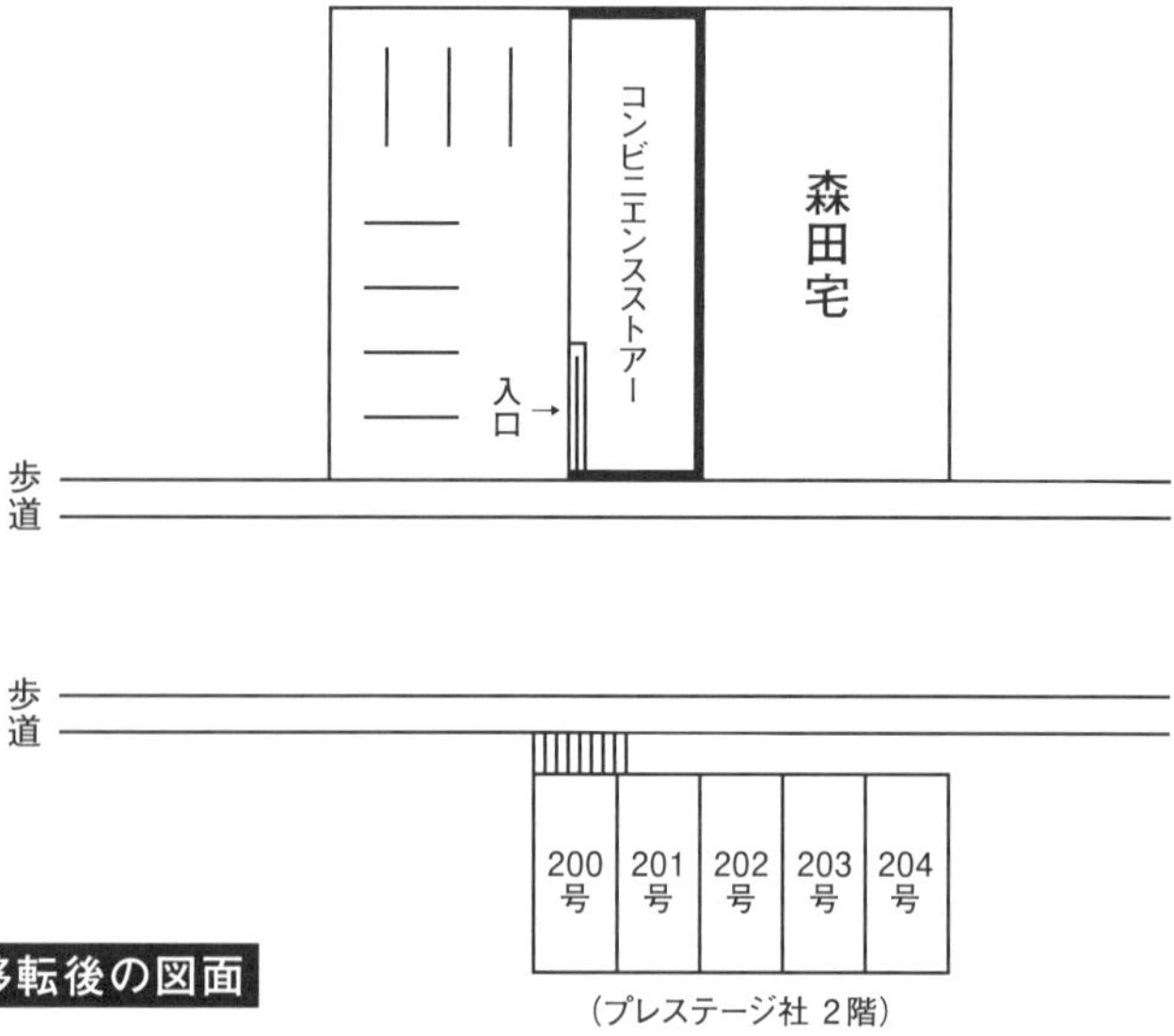


**移転後の図面**

「この地図を拝見すると確かに道路向かいに建っているアパートは、コンビニの真正面に見えていますね。澤田さんがコンビニにお勤めになっていた時は、間違いなくコンビニと向かいのアパートの位置は、この地図の通りだったのですね」

「はい、その地図の通りです」

溝口は急ぎ西村店長に溝口が認識していた現場と澤田とも子の記憶との違いを確認する必要があると考え、礼を言って立ち去ろうとした。

その時、澤田とも子が

「刑事さんが向かいアパートの事を何度も聞かれるので思い出したのですが、秋元さんが向かいのアパートから出てくるのを二、三度見かけた事がありましたね」

「もしかして、その事を秋元さんの奥様にも話されましたか」

「てっきり秋元さんが、お知り合いの方の所に来ていたと思ったものですから、向かいのアパートにお住まいの方も、嘸かし秋元さんの不幸を知って驚かれたでしょうねと言ったかもしれませんね」

「それは、どの部屋だったか憶えていますか」

「確か二階の右から三番目の部屋だったと思いますが」

「その時、部屋の位置などの細かい事も話されましたか」

「そんな事までは話さなかったと思いますが、覚えていませんね」

溝口主任は藤井直子の写真を見せて
「大森警察署の塚田さんからも、この写真の方について、見覚えがあるか尋ねられたと思うのですが、この方が二階の右から三番目の部屋に住んでいた方なのですが、やはり見覚えはありませんか」

「何度拝見しても見覚えありませんね。私のパート先での勤務時間は、午後一時から六時まででしたので、その方がお勤めされていた方であれば、会う機会が無かったのかもしれませんね」

溝口主任と篠原裕子は、澤田とも子への聴取後、東京駅近くの、篠塚裕子が学生時代に友人と足繋く通っていたイタリアンレストランで、昼食をすまして帰る予定だったが、この証言を受けて食事はお預けとなり、急ぎ仙台にとんぼ返りをする事になった。溝口主任は、新幹線の仙台駅到着時間に合わせて、県警にパトカーの手配していた。一刻も早く西村店長に、澤田とも子の記憶との違いを確認したいとの思いからであった。仙台駅で待っていた神山主任の運転でコンビニに到着するなり、溝口主任から
「西村店長、こちらのお店は最近建て替えられましたか」
その質問に西村店長は
「そうなんですよ、手前どもの店も震災の影響で、建物がだいぶ傷んでいたのですが、商売柄二十四時間の営業の上に、年中無休ですので休む事も出来ずに営業を続けていましたが、何とか昨年の十一月に店を建て替える事が出来ました」
「その際、店舗の場所を移転されましたか」
「普段から親交のあった隣に住む森田さんから、お宅が震災の際に大規模半壊の判定を受けていたのと昨年同居していた息子さんが結婚されて独立したのを機に、土地の半分くらいを売って、夫婦二人だけのこじんまりした平屋にでも建て替えようかと考えていると伺いまして、丁度手前どもも一時閉店して本格的にリフォームを考えていた時期だったものですから、八十坪のコンビニの土地と百二十坪程あった森田さんの土地を四十坪の土地代金を支払う事で、等価交換とさせて頂いて建て替えました。お陰様で手前どもは、それま

での倍の駐車スペースを確保する事が出来ましたし、森田さんも土地の売却益で、自宅を新築出来ましたので、お互いにとって有意義な取引になったと思っています。更にこの取引では森田さん宅を先に解体して新店を建て替えましたので、手前どもは休業する事なく業務を移行する事が出来ましたので大変助かりました」

捜査本部は溝口主任が持ち帰った情報によって、停滞していた捜査が、事件の解決に向けて一気に加速する事になった。改めてこれまでの捜査内容についての全体会議が開かれた。長岡警部から

「事件解決に向けて必要な要点をそれぞれの担当者から意見を出して貰いたい」との指示が出された。

溝口主任が

「秋元智也と藤井直子との関係については、今の所、具体的に判明しておりませんので、藤井直子の南原フーズ以前の職歴についても調べる必要があると思います」

続いて大川警部補が

「秋元智也と藤井直子との付き合いが、澤田とも子の証言により、少なくとも四年以上前からあったと考えると、その事に疑念を抱いた可能性がある秋元恵子の行動についても調べる必要があると思いますね」との意見が両刑事から出された。

この発言を受けて秋元智也と藤井直子との関係の解明と秋元恵子の事件当日の行動を中心に捜査する事になった。秋元智也と藤井直子の繋がりについては、宮下警部補と溝口主任が担当し、秋元恵子の事件当日の行動については、大川警部補と神山主任が担当する事になった。

早速、宮下警部補と溝口主任は、秋元智也が生前勤めていたアパレルメーカーのエムズ・アンド・エルス社を訪れていた。エムズ・アンド・エルス社は、仙台市役所や宮城県庁などの役所が建ち並ぶ官庁街にあり、地下鉄勾当台公園駅に程近い高層オフィスビルの十三階から十六階に入居していた。受付のあるエントランスホールは、大理石の床に多くの色鮮やかな鉢植えの生花が置かれたファッションメーカーに相応しい華美な空間であった。

面会した総務課長の村井伸一は

「秋元さんは病死でしたので事件性はないと思いますが、何故警察の方が聴取にいらっしゃるのか理解出来ませんが」

宮下警部補が
「死因について不審な点があって伺ったのではなくて、秋元智也さんの関係者に藤井直子という女性がいなかったか、お尋ねしたくて伺いました」

「藤井直子ですか、当社にはそういった名前の女性社員はおりませんし、私自身聞いた事のない名前ですね」

「秋元さんは御社で、どんな仕事を担当されていたのですか」

「レディース部門のブランド責任者として勤務しておりました。主な業務は百貨店のバイヤーとの販売目標に対する折衝と販売スタッフの人材管理です」

「百貨店ですか、そうしますと、かなり交友関係は広くお持ちになっておられた訳ですね」

「少なからず本部長と言う立場上、多くに方との交流があったと思いますが、具体的な人脈については、承知しておりません」

「秋元さんのご家族についてもお聞きしたいのですが」

「秋元さんは確か奥様とお二人だけで、お子様はいなかったと思いますが」

「夫婦仲について何か聞いたことはありませんか」

「何かと言いますと」

「例えば夫婦で何か揉めていたとか」

「そんなプライベートな事までは存じ上げておりません」

そんな事まで聞くのかと些か憮然とした返事であった。村井からはこれ以上の情報を引き出すのは難しいと考え一旦失礼する事にした。

次に藤井直子と学生時代から親交があった山根仁美への聴取が行われた。
溝口主任から
「以前お会いした際、藤井直子さんとは、二ヶ月に一回程度、交流があったとの話でしたが、定期的な付き合いは学生時代からですか」
「大学卒業から殆ど途切れる事無く続いていましたね」

「私達の調べでは、藤井直子さんは、南原フーズで十年、その後いずみ地所で一年半程勤めていた事迄は分かっているのですが、それ以前の仕事について分かっておりませんので、ご存じであれば教えて頂けませんか」

「大学卒業後は、ディスプレイデザイナーとして頑張っていましたね」

「ディスプレイデザイナーとは、どんな仕事ですか」

「刑事さんたちもご覧になった事があるかと思いますが、百貨店などのショーウィンドーに、シーズンごとにレディースのファッションブランドとか、その時期をテーマにしたオブジェなどを飾り付ける仕事です」

「何となく見た事があるような気がしますね。藤井直子さんは、その仕事での勤務は長かったのですか」

「卒業して直ぐに就きましたから、二十年近く勤めていたと思いますが」

「二十年と一口に言っても長い期間ですね。所で山根さんは、藤井さんから秋元智也と言う名前を聞いた事がありませんでしたか」

「直子からは、仕事上もプライベートでも男性の名前を聞いた事はありませんね」

「ショーウィンドーのディスプレイを手掛ける会社に勤めていたとの話でしたが、勤めていた会社名は聞いていませんか」
「確かフリーダムプランニングという会社だったと思います」
「在仙の会社ですかね」
「はっきりとは分かりませんが、直子の話では、その業界には、あまり大手の会社は無いと言ってましたので、おそらく地元の会社だと思いますが」
山根仁美への聴取後、溝口主任が
「山根仁美の証言では、秋元智也と藤井直子の接点についてまでは確認出来ませんでしたが、同じファッション業界にいた事だけは確かなようですね」
宮下警部補も
「そうだね、先ずはフリーダムプランニングと言う会社の所在を調べて明日にでも行ってみようじゃないか」
一方、秋元恵子の事件当日の行動について調べを進めていた大川警部補と神山主任は、秋元恵子の事件への関与については、まだ確認出来ていない事から、本人への直接の聴取を避けて関係者に対する情報収集を行っていた。その中で、近所での聞き込みによる情報が神山主任から報告された。

「総務課の村井伸一が言っていたように、秋元夫婦には子供は無く、秋元智也が百貨店で展開するレディースブランドの責任者だった事から、土、日は殆ど休みを取る事が無かったようです。その為か、妻の恵子は週末の土、日は頻繁にスポーツクラブやクッキングスタジオに通っていたらしいです。秋元智也が休みの日は、夫婦で愛犬と散歩する姿をよく見かけたとの事でした。更に夫婦でよく国内旅行をしていたらしく、年に一度は海外にも出かけていたみたいです」

大川警部補は

「夫婦関係については問題なさそうだね。先ずは事件当日の秋元恵子の行動がどうなっていたかだが」

その時、神山主任が

「クッキングスタジオへ電話での問い合わせでは、十二月は二十四日のおせち料理の講習を最後に、年内のカリキュラムは終了しており、二十五日から年初まで休講に入っていましたとの返答でした」
「スポーツクラブの方はどうですか」
「こちらも電話での問い合わせでしたが、二十五日は毎年恒例のクリスマスパーティーが夕方の六時から開催されておりまして、秋元恵子の出席については確認済みです」
「という事は秋元恵子はアリバイ成立という事ですか」
「今の所そういう事になりますね」

宮下警部補と溝口主任は、ディスプレイ会社のフリーダムプランニングを訪ねていた。会社は仙台西部の工業団地内にあり、山根仁美が言っていたように、建物の規模から見て、さほど大きな会社には見えなかった。会社の駐車場には、過去のディスプレイに使われたと思われるオブジェが無造作に置かれていた。
溝口主任は、対応に現れた担当窓口の福沢則子に警察手帳を提示して
「十年以上前の事で恐縮ですが、こちらに勤めておられた藤井直子さんについて二、三お

聞きしたい事がありまして伺いました」
「藤井直子さんの事でしたら、よく覚えていますが、どんな事でしょうか」
「藤井さんは、百貨店のショーウィンドーのディスプレイの仕事をされていたと伺いましたが、こちらへの仕事の依頼は、主に百貨店からなのでしょうか、それともメーカーからなのでしょうか」
「どちらのケースもありますね、所謂ケースバイケースという事です」
「所で、福沢さんは、エムズ・アンド・エルス社にいらした秋元さんをご存知でしたか」
「ご存知どころか、当社にとって大変お世話になっている会社の本部長さんだった方です」
「であれば藤井直子さんは、秋元さんと面識があったという事ですね」
「秋元さんが担当されていたドロップビスケットというブランドのディスプレイは、主に藤井さんが担当しておりましたので、当然、仕事上での付き合いはありましたね」
「では秋元さんと藤井さんの仕事上の付き合いは長かったという事ですか」
「ブランドの立ち上がりからの取引でしたから、二十年位の付き合いはあったと思います」

「何故、藤井さんは、こちらの会社を辞められたのですか」

「本人は何も言わずに辞めましたので、詳しい事までは分かりませんが、おそらくドロップビスケットがブランドとしてスクラップになった事が、きっかけだったと思いますが」

「スクラップになったとは、どういう事ですか」

「ファッションブランドと言うのは時代の流れの中で、消費者に対して、いかに長く鮮度を保って展開できるかが鍵になるのですが、生物と同じで、鮮度を失えば消費者からそっぽを向かれて生き抜いて行くことが出来なくなって、結果としてスクラップになる運命なのです。それに当時は、ファストファッションや通信販売が急速に拡大した事で、百貨店ブランドは苦戦を強いられていましたので、その要因もスクラップの一因になったんだと思います」

「厳しい世界ですね。所で藤井さんと秋元さんとの間で、個人的なお付き合いがあったかについては、聞いていませんでしたか」

「プライベートな事については、ほとんど話をする人ではありませんでしたので、何とも言えませんね」

「他の社員の方で、その辺の事情を知っている方はいませんか」

「一緒にチームを組んでいたデコレーターの荒井佳子という者がおりますが、聞いてみましょうか」

「是非お願いします」

福沢則子は奥の工房の方に向かって
「荒井ちゃん居る？　ちょっと聞きたい事があるんだけど、お手すきだったら、こっちに来てくれない」

すると奥の部屋から現れた女性スタッフが
「何の用かしら」

溝口主任が
「以前こちらで働いていた藤井直子さんですが、エムズ・アンド・エルス社にいた秋元さんとのプライベートな関係の有無について、ご存知ありませんか」

「会社在籍中に、お付き合いがあったかどうかについては分かりませんが、藤井さんが会社を辞めてから、アーケード街のF百貨店でショウウィンドウの飾り付けの仕事をしていた時に、偶然、秋元さんと藤井さんが、仲睦まじく寄り添うように歩いて行く姿を見掛けた事がありましたね」

「それはいつ頃の事ですか」

「三年程前の七夕祭りの前夜祭の時でしたね」

「見かけられたのは何時ごろですか」

「百貨店の閉店後からの作業でしたので、確か夜の八時過ぎだったと思いますが」

フリーダムプランニングでの一通りの聴取を終えた溝口主任は
「三年前に目撃されたという事は、秋元智也と藤井直子との関係はブランドがスクラップになって、藤井直子がフリーダムプランニングを辞めてからも続いていたという事になりますね」

「恐らくそういう事だと思うね」

宮下班と大川班の情報は捜査本部に持ち寄って再度協議される事になった。

安藤管理官から
「クリスマスパーティーへの秋元恵子の出席については、電話で確認済みだが、間違いなく開催時間の六時から出席していたのかも含めて、再度、現地で細かく確認してほしいね。もう一方のドロップビスケットについては、所属していたブランドの担当者からも秋元智也と藤井直子との間で、個人的な関係がなかったか聞いてみる必要があるね」
この指示を受けて大川警部補と神山主任がスポーツクラブのオレンジポットに、宮下警部補と溝口主任がブランド担当者の聴取に出向く事になった。

オレンジポットは、近年急速に開発が進んだ仙台北部の新興住宅地にあり、併設している二十四時間営業の大型スーパーマーケットの駐車場が、時間に制限無く無料で利用できる事から、近隣の主婦層に人気が高いスポーツクラブであった。聴取には施設マネージャーの橋本雅夫が応対した。
神山主任から
「電話では、昨年の十二月二十五日に、こちらのスポーツクラブで、クリスマスパーティーが行われたと伺っておりましたが」
「毎年の恒例の行事として開催しておりました」
「パーティーの開催は、夕方の六時からだったと聞いておりましたが、間違いありませんか」
「おっしゃる通り六時からの開催でございました」
「パーティーへの参加者の把握は、どの様にされたのですか」
「全ての会員様に、事前にお知らせしておりましたが、あくまでも自由参加のパーティーですので、会員様の出欠及び最初から参加されるか、途中から参加されるかについては、会員様の都合次第という事になっております」
「そうすると参加者はそれぞれの都合に合わせて参加したという事ですか」
「今回のパーティーでは、参加希望者の大多数の方が六時から参加されておりましたが、開催途中から参加された方も何人かおられました」
「全体でどれくらいの方が参加されたのですか」
「当クラブの会員は全体で四千人程ですが、今回のクリスマスパーティーには二百五十名程の会員が参加されております。最初に開催してから八年になりますが、毎回ほぼ同数の方に参加頂いております」

「それでは具体的にお聞きしますが、会員の秋元恵子さんですが、電話での聞き取りではパーティーには参加されていたとの話でしたが、パーティー開始の六時から参加されていましたか」

「時間を頂ければ正確に分かると思いますので、少々お待ち頂けますか」と言ってカウンター脇の事務所に入って行った。

しばらくして戻ってきた橋本マネージャーは
「当日、秋元様は五時五十分に入館されていますね」

「どうしてそんなに正確な時間が分かるのですか」

「会員様には、それぞれ当クラブのメンバーズカードを発行しておりまして、スポーツクラブへ入館の際は、セキュリティ対策として、センサーボックスにメンバーズカードをかざさないとクラブには入れないシステムになっておりますので、履歴を見れば正確な入館時刻が分かる事になっています。退館時刻も同様に記録されますので、会員様の当クラブ内での滞在時間や利用頻度のデータとしても活用させて頂いております」

「そうすると入退館の時間は正確という事ですね。では当日の秋元恵子さんの退館時間も教えて頂けますか」

「いっしょに調べて参りました。パーティーは八時までの開催でしたが、秋元様の退館時刻は終了直後の八時十分と記録されておりました」

大川警部補と神山主任はこれ以上の質問に苦慮した為、一旦署に戻ることにした。

神山主任は
「秋元恵子には完璧なアリバイがあると言って良いですね」

大川警部補も
「今の所は完璧と言わざるを得ない状況だね」と感想を漏らしていた。

一方、宮下警部補と溝口主任は、秋元智也の担当部門であったドロップビスケットで、秋元智也の部下として働いていた坪井幸夫への聴取を行っていた。

「フリーダムプランニングと御社との関係についてですが、ドロップビスケットと言うブランドの商品をショーウィンドーにディスプレイ提案する際に、飾り付けを依頼されていた会社だったと伺いましたが」

「はい、その通りです」

「お付き合いは、長かったのでしょうか」

「ドロップビスケットと言うブランドは十年程前にスクラップになりましたが、それまでの二十年近く展開しておりましたので、取引は長かったですね。但しショーウィンドーでのディスプレイ提案をフリーダムプランニングに依頼するのは、初夏からの夏物展開と秋口からの冬物展開に向けての年二回の訴求時期だけの取引でしたので、付き合いは長かったですが、年中取引があったと言う事ではありませんでしたね」

「坪井さんはフリーダムプランニングにいらした藤井直子という方をご存知でしたか」

「申し訳ありません、当時、私は営業部門の担当でして、企画の方は専ら秋元さんが担当されていましたので存じ上げておりません」

「秋元さんは病死と伺いましたが、何か持病をお持ちになっていたのでしょうか」

「少し血圧が高いと聞いた事がありましたが、他にどこかが悪いという話は聞いておりません。秋元さんは、がっちりとした体格の方で、大学時代はゴルフ部に所属していたと聞いておりましたし、社内のゴルフコンペのスコアもプロ級でしたね」

「坪井さんもゴルフをされるのですか」

「私もゴルフをやりますが、秋元さんのスコアの足元にも及びませんし、所詮接待ゴルフ要員みたいなものですから」

大川警部補が
「我々はゴルフをやりませんが、お金のかかるスポーツなんでしょうね」

「そんな事はありませんよ。最近のゴルフ場は、どこへ行ってもバブル期の半額以下でプレイ出来ますし、健康と暇つぶしには最適なスポーツですので、刑事さんも始められたらいかがですか。但しゴルフクラブに関しては、物によって高価な商品もありますが。そう言えば秋元さんの葬儀後、ひと月程過ぎた頃に奥様から自宅に呼ばれまして、秋元さんが生前愛用していたゴルフクラブとキャディーバッグを形見分けとして受け取ってほしいと言われた時は、本当に困りました」

「結局それは、どうされたのですか」

「いつもゴルフコンペの時に主人の送り迎えをして頂いた坪井さんに使って頂ければ、故人も喜ぶと思いますのでと、何度もお願いされたものですから、無下に断わる事も出来ずにお預かりして参りました」

「そのゴルフクラブとキャディーバッグは、今どちらにありますか」

「私の部屋の片隅に、そのまま置いてあります。当分、上級者用のクラブを使いこなすだけの腕にはなりそうにありませんので」

「坪井さん、そのゴルフクラブとキャディーバッグを警察へ提出願いませんか」

「構いませんよ」

「もう一つ、秋元さんの写真があればお借りしたいのですが」

「スナップ写真でよろしければあると思いますので、ゴルフクラブと一緒にお渡しします」


坪井幸夫から提出されたゴルフ用品は、鑑識課によって指紋鑑定が行われた。クラブのグリップとキャディーバッグから秋元智也の指紋が採取され、藤井直子のアパートから検出された該当者不明のトイレの壁に残された指紋との照合が行われた。その結果、両方の指紋が一致した事で、秋元智也と藤井直子との関係は確実な物となった。

捜査会議の席上、長岡警部から

「長きに渡って秋元智也と藤井直子の関係が続いていたとすれば、当然連絡を取り合っていた筈で、藤井直子のスマートフォンに秋元智也の名前が無いのは解せないね」

その時、篠原裕子から

「藤井直子の遺留品であるスマートフォンの連絡先リストを再検証した結果、リストに唯一あったローマ字表記のＭ＆Ｌと言う名称の電話番号をエムズ・アンド・エルス社の坪井幸夫に確認した所、秋元智也が会社在籍時に使っていた携帯番号と一致しました。更に営業担当の土、日の勤務形態について確認した所、営業担当は取引先が百貨店や新流通のチェーンストアである事から、慶弔事でもない限り休みを取る事は殆ど無く、内勤業務の総務と経理は土、日が休日の為、会社は閉館しており、営業担当は取引先に直行直帰の勤務形態になっています」と報告された。

安藤管理官は
「直行直帰の勤務であれば、澤田とも子の勤務時間内である土、日の夕方六時までに秋元智也が来店していたとしても不思議じゃないね」
更に篠原裕子から
「土、日にスーツ姿だけでなく普段着での来店もあったという事は、近隣に週末の生活拠点があったという事であり、藤井直子の部屋から来店したという事だと思いますが」との意見が付け加えられた。
長岡警部は
「これまでの捜査内容を見ると、もしかしたら藤井直子と秋元智也との関係は三十年近くあったのかもしれないな」
宮下警部補は
「この事実を秋元恵子が知ったら藤井直子に対して怨恨を抱いたとしても不思議じゃないと思いますね」
次に坪井幸夫から提出されたスナップ写真を持って、コンビニの西村店長に秋元智也の

来店履歴を調べていた神山主任が
「坪井幸夫からの写真を西村店長に見せた所、店長の記憶では、秋元智也が何度か夜半過ぎに来店した事を覚えていましたが、来店した曜日までは覚えていないとの話でした。写真はゴルフコンペでの、秋元夫妻と坪井幸夫のスタート前のスナップ写真なのですが、西村店長が写真に写っている秋元恵子を見て、似た女性を二度程、店の前で見かけた事があると言うのです」
長岡警部が
「見かけたのは、いつ頃だったと言ってるんだね」
「コンビニエンスストアがオープンしたのは昨年の十二月初めなんですが、建築中の現場を視察に行った十月中旬とオープン直前の十一月下旬に見かけたとの事です。更にその時どんな様子だったか覚えていますかと聞いたら、向かいのアパートをじっと目視しているように見えたと言ってました。但し、遠目で見たので写真に写っている女性と同一人物であったかは、確実には言えないとの話でした」
長岡警部は

「おそらく秋元恵子に間違いないと思うね。所で大川警部補、現場近くのコインランドリーで目撃された白の軽乗用車の件だが、秋元恵子はスポーツジムやクッキングスタジオに通うのに車を使っていたと思うのだが、そっちの調べはついているのかね」

「確認しました所、秋元恵子はフィアット５００と言う外車に乗っている事が確認出来ました」

「外車？　どんな車だね」

「私も現物を見て驚いたのですが、登録上は普通車なのですが、見た目は、かなりコンパクトな車体でして、あまり車に詳しくない目撃者の藤田順也から見れば、軽乗用車にしか見えなかったと思いますね。その上、車体の色は白色でした」

長岡警部は
「秋元恵子への容疑は深まるばかりだが、スポーツクラブに六時前に入館しているというアリバイを崩さない限り、捜査の進展は難しそうだね。クリスマスパーティーの何処かに我々が見落としている真実があるとしか思えないね」

大川警部補と神山主任はオレンジポットの橋本マネージャーに、再度セキュリティシステムについて詳しく聞く事にした。最近の民間企業におけるセキュリティシステムは、金融機関が使っているシステムのような専門的な物では無いにしても、汎用性においては遜色が無く、目的によっては、寧ろ優れた物が流通しており、多くの施設に導入されていた。

神山主任から

「先日のお話にあったオレンジポットのメンバーズカードを、もう一度見せて頂けませんか」

「こちらにお持ちした物が当クラブのメンバーズカードです」

「カードには個人名の印字が無く、会員番号と倶楽部の名前があるだけなんですね」

「個人情報に繋がる物は、カードに内蔵されているICチップに入っておりますので、カードへの表記は、会員番号以外ありません」

「因みにICチップには、どんな情報が入っているのですか」

「会員名、生年月日、入会日、住所、電話番号、会費の引き落しに必要な金融機関名と口座番号、それに万一クラブ内で怪我などをされた際に必要な血液型などのデータが入っております」

「単にメンバーズカードと言っても、かなりの情報が入っているんですね。所で館内のあちこちに設置されている自動販売機ですが、硬貨の投入口が無く、カードリーダーだけがあるように見えますが」

「会員様には、財布などの貴重品については、入館の際にロッカーに入れて頂いておりまして、館内のベーカリーショップでの飲食や自動販売機の利用については、メンバーズカードでの決済とさせて頂いております」

「財布を持ち歩いているのと同じ事になりますが、入館後のカードの管理は、各自どうされているのですか」

「入会時に首からかけるタイプのカードホルダーを差し上げておりまして、全ての会員様に、このカードホルダーを使って頂いております」

「では入館後は、常にカードホルダーを首にかけているのですね」

「いいえ、レッスン中、邪魔になる方は、教室の隅に片した私物の上に置いてレッスンを受けている方もいらっしゃいます」

「それではメンバーズカードから目を離す時があると言う事ですか」

「レッスン中であっても、すぐ傍に置きますので、目を離す事は殆どありませんね」

「そうですか、所でクラブの中で秋元恵子さんと特に親しくされていた会員の方は、いらっしゃいますか」

「そうですね、秋元様は、ご主人を亡くされてからお出でになる事が少なくなりましたが、以前は、熊谷様といつも一緒に同じレッスンを受けておられましたね」

「その熊谷さんは、本日来られていますか」

「先程お目にかかりましたが、今は見受けられませんので、レッスン中かも知れませんね。スタッフに確認して参りますので少々お待ち下さい」

間もなくして戻って来た橋本マネージャーは
「熊谷様は、只今、ホットヨガを受講中ですので、少々お待ち頂ければと思います」

さほど待つことなく橋本マネージャーがレッスン直後の為か、額に汗を浮かべた女性と連れ立って現れた。

「警察の方が私に聞きたい事があると伺いましたが、なんの事でしょうか」

「熊谷麻衣子さんですね。レッスン直後のお疲れの所申し訳ありませんが、このクラブの中で秋元恵子さんと特に親しくされていたと伺ったものですから、二、三お尋ねしたい事がありましてお越し願いました」

「それは構いませんが、秋元さんのどんな事をお答えすれば宜しいのですか」

「秋元さんとは、こちらのクラブへ入会されてからのお付き合いですか」

「いいえ、秋元さんとは、こちらのスポーツクラブに入会する以前のクッキングスタジオからのお付き合いです。スタジオで作った料理を食べ過ぎた訳では無いのですが、歳とともに、お互い体型が変化してきたので、スポーツジムにでも通って、体型維持に努めましょうと言う事で一緒に入会致しました。私たちの中では、二人とも子供がいなかったので、ママ友ではなくジム友と呼んでいましたが」

神山主任は
「本当に仲が良いのですね、所で昨年のクリスマスパーティーについてお聞きしたいのですが、熊谷さんは、パーティーには最初から参加されていましたか」

「はい最初から参加しておりました」

「秋元さんとはパーティー会場でお会いになりましたか」

「会う事は会いましたが、確認したのは七時過ぎでしたね」

「会場には二百五十人程の会員がいらして混雑していたでしょうからね」

「そうでは無くて、当日パーティー会場へは、ジムから事前に配られたアイマスクを着用して入館する事になっておりまして、アイマスクを外したのが七時過ぎでしたので、それまでは秋元さんを確認する事が出来ませんでした」

大川警部補は
「橋本マネージャー、当日アイマスクをして入館すると言うのは、パーティーの趣向か何かですか」

「今回の開催の主旨は、普段ジム内で交流が無い方達とパーティー会場で新たな交流を作って頂く事を目的としておりました。前回までのパーティーでは、どうしても仲の良い方同士が集まる傾向がありまして、その為に中々新たな交流が生まれづらい雰囲気でしたので、今回のパーティーでは、開会後の一時間はアイマスクをしたまま会員同士が、相手に対する認識を持たずに自由に会話をして頂く事で、新たな交流に結びつくようにと企画致しました。お陰様で会員の皆さんからは普段お付き合いの無い方との会話が弾んだと大変好評でした」

一通りの聴取を終えて署に戻った大川警部補から捜査会議の席上、これまでの経過が報告された。

その中で安藤管理官から

「アイマスクをしての仮装パーティーだが、仮装での開催は、今回が初めてだと聞いたが、いつ会員にパーティーの内容が通達されたんだね」

神山主任が

「パーティー開催の内容については、十一月末に館内の掲示板にポスター掲示されたそうです」

「パーティー開始から一時間後にアイマスクを外してパーティーが続けられたという話だが、パーティーの開会から閉会までの式次第についても確認してほしいですね。特にアイマスクを外した時間については、正確に聞いて来て下さい」

その指示を受けて再度、橋本マネージャーを訪れた大川警部補に対して

「刑事さんの仕事もご苦労の多い事だと思いますが、これだけ何度も来られますと、まるで刑事コロンボに聴取されている容疑者になった気分ですね。アハハ！　これは冗談ですが」と些か、うんざりしたと言わんばかりの発言であった。

「クリスマスパーティー当日の開会から終了までの内容についてお聞きしたいのですが」

「パーティーは立食形式で行いまして、館内のベーカリーショップで作った当クラブオリジナルのショートケーキとサンドイッチそれにソフトドリンクなどを提供させて頂きました。お酒を飲まれる方については、各種アルコール飲料に簡単なオードブルを用意させて頂きました。パーティーでのエキシビションとして年末のチャリティー募金へのグッズ販売会と人気のビンゴゲーム大会を開催致しました」

「募金への協賛の販売会と言いますと」

「毎年恒例となっている歳末助け合いへの募金活動でして、今回は翌年が巳年でしたので当クラブオリジナルのトレーナー、タオル、リストバンドに蛇のイラストをプリントして数量限定で販売致しました。その後引き続きビンゴゲーム大会を行いました」

「これら一連のイベントが終わってからアイマスクを外して閉会までパーティーが続けら

れたという事ですか」

「その通りです」

「アイマスクを外されたのは何時でしたか」

「私は進行の細かい所まで掌握しておりませんので、当日の進行を担当した者呼んで参りますのでお待ち下さい」

と言われ、山村信二という若いスタッフから説明を受ける事になった。

「当初、エキシビションの細かい事までは決めておりませんでしたが、都合により最初から参加出来ない会員から、豪華景品が当たるビンゴゲーム大会だけは参加したいとの要望がありましたので、事前にパーティーの大まかな時間割をお知らせしておりました」

「その時間割とは、どんなものですか」

「こちらにお配りしたチラシのコピーがございますのでご覧ください」

「この時間割を見ますと開会の六時からマスク着用での懇親会が始まり、チャリティーのグッズ販売会が六時二十分からで、ビンゴゲーム大会は六時三十五分から七時迄の予定ですね。その後アイマスクを外して引き続き懇親会が閉会の八時まで行われたという事ですか」

「その通りです。ですからビンゴゲームに参加を希望された方については、六時半までに入館頂ければゲームには参加出来ました」

大川警部補は、ビンゴゲームでは無く、遅れてパーティーに参加した会員の事が気になっていた。

「パーティーは、この割り振り通り進んだのですか」

「グッズ販売会までは予定通り進みましたが、ビンゴゲーム大会が大変盛り上りまして、予定時間を少しオーバーしました。結果的にほぼ予定通りに進行致しましたが」

「そうするとアイマスクを外したのは七時過ぎという事ですか」

「はいそうです」

「こちらのクラブは館内での買い物は全てメンバーズカードでの決済とお聞きしましたが」

「はいその通りです」

「であればチャリティーで販売されたグッズの代金もメンバーズカードでの決済という事

ですか」

「はい、そうです」

「所で本日、秋元さんと熊谷さんはジムに、いらっしゃっていますか」

「秋元様はいらしていないと思いますが、熊谷様は先程ベーカリーショップで、お昼ご飯を食べている所を見かけましたね」

と言ってカウンター脇から一望出来るショップ内を見て
「熊谷様はまだお店の中にいらっしゃいますね」と教えてくれた。

早速、大川警部補が
「先日は色々とご協力頂き、ありがとうございました。お一人で昼食ですか」

「いつもは秋元さんと一緒なんですが、ご主人を亡くされてからは、以前のように通うことが無くなったので、一人で食べる機会が多くなりました」

「そんな中でも秋元さんは、クリスマスパーティーには参加されたのですね。熊谷さんからご主人を亡くされて落ち込んでおられた秋元さんを元気付ける為に、お誘いしたのですね」

「いえいえ、その逆で、あの日は午後一時からのレッスンに、秋元さんと一緒に参加していたのですが、帰り際に私が少し疲れたので、今日のクリスマスパーティーへの出席はやめようかと思っていると言ったら、秋元さんが、自分も出席するからパーティーには必ず来てほしいと言われたので、気乗りしなかったのですが、参加する事にしたのです」

「その時、他に何か言われましたか」

「そう言えば前にも刑事さんにお話ししましたが、七時を過ぎてアイマスクを外すまでは、おそらく秋元さんを確認する事は出来ないと思っていたのですが、何故か開会の六時前には必ず来て欲しいと何度も念押しされました」

「何度も念押しですか、何か開会前に熊谷さんに、話したい事でもあったのですかね」

「特には何もありませんでした。結局七時過ぎには会う事が出来ましたが」

「所で今日、腕にはめておられるリストバンドは、蛇のプリントがされている所を見るとクリスマスパーティーで買われた物ですね」

「当日、販売スタッフから来年の年男年女の会員は、是非お求めくださいとアナウンスがあったものですから、年女でもありましたし、蛇のイラストがとても可愛いかったので、ついついタオルと一緒に買ってしまいました」
大川警部補からのスポーツクラブでの報告を聞いた安藤管理官は
「秋元恵子が、必要以上に熊谷麻衣子にクリスマスパーティーの開始時間からの参加に拘って誘っている事に何らかの作為を感じるね」
長岡警部が
「秋元恵子の犯行とした場合、藤井直子を殺害し七時前に現場を離れたとして、現場からスポーツクラブまでは車でも十二、三分程度かかる距離であり、五時五十分の入館には到底間に合わない事から、何らかのトリックがあったとしか考えられないね」
再度、橋本マネージャーを訪れた神山主任は
「例えばの話ですが、メンバーズカードを取り違えた場合、双方どちらも気づかないという事はありますか」
「以前ご覧いただいてお分かりのように、当クラブのメンバーズカードには、クラブ名と十桁の会員ナンバーが印字されているだけですので、会員共通のカードホルダーを使って

いれば、取り違えても気付く事は殆ど無いと思いますね」

「仮に取り違いがあった場合、クラブ側に何か支障が生じますか」

「クラブ側にとっては、それぞれの会員の入退館時間、滞在時間などの個人データにブレが生じますが、全体の統計上には、大きな問題は無いと思います。但し会員様に取っては、館内での飲食及び物品購入は、メンバーズカードでの決済ですので、取り違え後に購入された品物の金額は、そのままそれぞれの口座から毎月の会費と一緒に引き落とされる事になりますが」

「請求金額に誤差が生じた場合、皆さん気付くものですか」

「よっぽどの金額でなければ大抵の方は気づかないと思いますね。請求書をきちんとご覧になって頂ければ、会費以外の飲食代や物品購入費については別途明細書を付けておりますので分かると思いますが、ほとんどの方はそこまで見ていないと思いますね」

「もう一つ確認を、お願いしたいのですが」

「どんな事でしょうか」

「パーティー当日、熊谷麻衣子さんは何時に入館されていますか」

「調べて参りますので少々お待ちください」

程なくして戻って来た橋本マネージャーは
「熊谷様は六時五十三分に入館されていますね」

それを聞いた大川警部補は
「それは少しおかしいですね。以前熊谷さんに当日の入館についてお聞きした時は、最初から参加していたとおっしゃっていましたし、先日、熊谷さんにクラブ内のベーカリーショップでお会いした時も、パーティーのグッズ販売会で購入した蛇のイラストが入ったタオルとリストバンドを見せて頂きましたので、もし熊谷さんが六時五十三分に入館されたのであれば、グッズ販売会には間に合わなかった筈で、購入は出来なかったと思いますが」

「確かに今回販売したグッズは、当日完売しておりますので、六時五十三分に入館された熊谷様が、どうしてグッズをお持ちなのか私にも分かりませんね」

「干支入りのグッズ販売が行われたのは、この時だけですか」

「はい、そうです。干支入りのグッズ販売は毎年クリスマスパーティーだけの企画ですので、その時以外は販売しておりません」

クラブの個人データを調べた結果、秋元恵子のカードでのグッズ購入は確認されたが、熊谷麻衣子のカードでのグッズ購入は確認出来無かった。熊谷麻衣子への再度の聴取によって、パーティー当日に本人が購入したとの証言が取れた。この段階で捜査本部は秋元恵子に対し重要参考人として任意出頭を要請する事にした。

取調に対し秋元恵子は、大川警部補から購入したとされるタオルとリストバンドついて確認を求められるとあっさりと犯行を自供した。

秋元恵子は
「熊谷さんから、入館時間とグッズの購入について、警察から聴取を受けたと聞いた段階で覚悟を決めておりました」

「犯行の動機は何だったのですか」

と藤井直子への殺害動機を聞かれた秋元恵子は
「コンビニエンスストアに挨拶に伺った際に、澤田さんから向かいのアパートに、主人が訪れていた方がいたと聞いた事が、最初の疑惑の始まりでした。その地域に主人の知り合いがいるとは、それまで一度も聞いた事がありませんでしたし、年賀状を見ても、この地域にお住まいの方からの物はありませんでした。更に主人の遺品を整理した時に、五本の鍵の入ったキーケースを見つけたのですが、内二本は自宅玄関扉と主人の車の鍵である事は分かりましたが、残る三本の鍵については見覚えがありませんでしたので、会社で使っていた物と思い、坪内さんにゴルフクラブを形見分けした時に確認して頂きました。三本の内二本は主人のデスクの鍵と社用車の鍵との事でしたが、残った鍵については見覚えがないとおっしゃっていました。会社のロッカーの鍵ではありませんかと伺ったら

「会社のロッカーはダイヤルキーなので鍵はありません」

と言って、その鍵を置いて帰られました。

私が坪内さんにロッカーのではないですかと聞いたのは、二年程前の事ですが、主人の背広をクリーニングの出そうとした時にポケットから零れ落ちたのが、その鍵でした。形状が妙に気になったので

「これアパート鍵みたいな形ね」

と言った時に、主人が

「それは会社のロッカーのだよ」

と言った返事が、慌てて何かを繕っているように聞えたのを思い出して、もしかしたら、あの部屋の鍵かもしれないとの思いを捨てきれずに日々過ごしておりました。もう主人は病死したのだから、このまま静かに主人との思い出を胸に暮らして行こうとも考えましたが、一方で、生前の主人が、私にを対して秘密にしていた事があったのではないかとの疑念を押さえ切れずにいました。どうしても自分の気持ちにけじめをつけたいとの思いから、藤井さんが仕事の日に、思い切ってアパートに行きました。

主人のポケットから零れ落ちた鍵をアパートの扉の鍵穴に差し込む時は、鍵穴からの抵抗を心の中で強く願いましたが、その願いもむなしく鍵はスムーズに鍵穴に差し込まれていきました。そして私の右手は無意識にドアノブを回していました。部屋に入ってからは、不法侵入している事で、心臓が止まりそうになるくらい緊張しましたが、取り敢えず主人の痕跡を探す事にしました。物色するとクローゼットに数着の男物の普段着とベッド下のチェストに男性用のパジャマと下着がありました。その段階ではまだ主人との繋がりは、確認出来ませんでしたので、幾分安堵する思いもありましたが、その想いを決定的に覆すものを見てしまったのです」

「その覆す物とはなんだったのですか」

「額に入った六枚の主人の名刺です」

「どうして名刺を見つけた事で決定的になったのですか」

「額には主人の主任、係長、課長、次長、部長、本部長それぞれの役職の名刺が一枚の台紙に貼られて飾ってありました。その事はどれほど長い間、主人と関係があったかを物語っていました。藤井さんに対する殺意が生まれたのは、額に入れられた主人の名刺を見た事からでした。それから藤井さんの生活動向を数か月に渡って調べ上げました。特に退勤後の行動を中心に、何度か退社後の藤井さんを尾行して、行動パターンの把握に努めました。その結果、殆ど寄り道をせずに真っ直ぐ帰宅して、六時過ぎには帰宅している事を確認しておりました」

「犯行当日の夕方六時過ぎにコインランドリーに車を止めたのは貴方ですね」

「犯行前に、アパート周辺の夕方六時前後の人通りを下見に来た時に、路上駐車を警察に通報されて、駆け付けたお巡りさんに違法駐車を注意された事がありました。その為、現場近くのコインランドリーの駐車場に車を止めました」

「今回の犯行で、てんぷら油の着火から発火点までの時間を利用したのは何故ですか」

「一つには、現場に直接火をつけて逃走すると出火騒ぎで目撃される危険性があったのと、万一の火傷を負うリスクを考え、てんぷら油の発火点までの時間を利用して、より安全に現場から離れる事にしました」

「それにしても、何故火災を起こす必要があったのですか」

「犯行を行って、そのままアパートから離れてしまうと事件発覚までに、かなり時間がかかる可能性があり、発覚が遅れれば今回のスポーツジムの仮装パーティーを利用したアリバイが成立しなくなる為、現場で火災を起こす事で、なるべく早く犯行を発覚させて、事件の発生時刻を確定させる必要がありました。その為にレンジ脇のルーバー窓を全開にして火災による煙の発覚をしやすくし、玄関扉は施錠せずに消防隊が容易に突入出来る状況を作りました。

その上で私と熊谷さんのメンバーズカードを差し替えて、先に熊谷さんを入館させる事で、私の入館時間を偽装し、アリバイを成立させる計画を立てました。今は熊谷麻衣子をアリバイ作りに利用した事を心から後悔しております」
「安全に逃走する為に、てんぷら油の発火点までの時間を利用するという発想は、どちらで考え付いたのですか」
「十一月中旬だったと思いますが、丁度、火災防火週間に入った時期だったと思いますが、テレビ番組で、加熱された天ぷら鍋の着火から発火までの実験映像を見た時に思いつきました」
「藤井直子さんのアパートの台所に、天ぷら鍋とてんぷら油がある事は事前に確認していたのですか」
「どちらも大抵はあると思いましたが、念のため事前に確認しておりました」
「その上でアリバイ作りにクリスマスパーティーを利用したのですね」
「十一月末にポスター掲示されたクリスマスパーティーの内容の中で、参加者全員にアイマスクでの入館と一時間後の懇親会までアイマスクは外せないと記されていましたので、この時間をアリバイ作りに利用する事にしました」
「所で、犯行時、貴方を見たときの藤井さんの反応は、どんなでしたか」

「最初は、かなり動揺していたように見えましたが、大声を出したり抵抗する事は無かったです」

「それは、どうしてですかね」

「分かりませんが、いずれ私が訪問する事を予期していたのかも知れませんね」

「藤井直子さんに対しては、今はどんなお気持ちですか」

「生前、主人とは、一緒に旅行やゴルフに行く機会が多くあり、周りからは夫婦仲の良さを羨ましがられた事もありましたが、実際の生活では、主人は会社で順調にエリートコースを歩んだ事で、家庭内でも自分の思う通りに物事が進まないと不機嫌になって、わがままを通す所がありました。おそらく藤井さんも主人と三十年近く関係があったとすれば、私と同じ経験をされたのではなかったかと思うと、同様の苦労をして来た女同士として、これから長い付き合いが出来たかもしれなかったと思うと一時の感情で犯行に及んでしまった事を心から懺悔しています」

涙を流しながら自供する秋元恵子の姿は、取り調べを担当した大川警部補から観ても、自分の犯した罪の重大さに押し潰されそうになっているように見えた。

所轄警察署を出た宮下警部補が

「秋元智也が、コンビニで倒れずに会社か自宅で倒れていれば、今回の事件は起こらなかったはずで、それを思うとやるせない気持ちになるね」

溝口主任は

「藤井直子にとっては、秋元智也が出世して役職を重ねて行く事だけが生きがいだったのかもしれませんね。それぞれの生活の中で秋元恵子と藤井直子に愛された秋元智也は、幸せ者ですね」

「もしかしたら藤井直子にとって秋元智也は、初めて愛した男だったのかもしれないな」

「関係者の中で藤井直子のアパートに、秋元智也以外誰も訪問していなかった事を考えると、まさしく閉ざされた扉の向こうに藤井直子と秋元智也の二人だけの世界があったという事ですかね」

「おそらくそういう事だったんだろうな」

「犯行時に藤井直子が、さほど抵抗する事も無く殺害されたのは、秋元恵子に対して後ろめたい気持ちを持っていたか、もしくは秋元智也を失って生きがいを無くしていたのかもしれませんね」

「どちらにしても今となっては、分からない事だがね」

「初動捜査の段階で新任刑事の篠原裕子が、ベッド下のチェストの空っぽの状態に、違和感を持ったのは、今思うと鋭い視点だったという事になりますね。所で捜査二課の事件は、その後どうなったんですかね」

「川崎建設は、業者間の入札談合に対する独占禁止法違反で起訴され、安田代議士に対しては、南原商事から受け取った五百万円のヤミ献金に対する政治資金規正法の贈収賄罪での立証は難しい事から政治資金収支報告書への不記載、虚偽記入罪の立件に向けての捜査になりそうだね。結局は安田代議士本人ではなく秘書よるミスという事になるんだがね」

「結局、政治家は捕まらない事になっているんですかね」

「そんな事は無いよ、南原商事本社ビルの建設に伴う解体工事費の公費の不正受給については、安田代議士と石井本部長それに南原隆志に対して、あっせん利得処罰法違反の立件に向けての捜査は順調に進んでいるみたいだし。まあ取り敢えず我々の事件は、解決したんだから良かったじゃないか」

「そうですね。我々は秋元智也のように出世街道をまっしぐらという訳ではありませんからね」

「それはどういう意味ですか、つまらない事を言ってないで、先ずは事件解決を祝って飲み行くぞ」

「警部補お供いたします」

二人の刑事は姿は赤提灯に誘われるように、夕闇の飲み屋街へと消えて行った。

完

# 閉ざされた扉の向こうに

2024年1月15日　第1刷発行

著　者　津山裕章《つやまひろあき》

発行者　太田宏司郎
発行所　株式会社パレード
　大阪本社　〒530-0021　大阪府大阪市北区浮田1-1-8
　　　　　　TEL 06-6485-0766　FAX 06-6485-0767
　東京支社　〒151-0051　東京都渋谷区千駄ヶ谷2-10-7
　　　　　　TEL 03-5413-3285　FAX 03-5413-3286
　https://books.parade.co.jp
発売元　株式会社星雲社（共同出版社・流通責任出版社）
　　　　　　〒112-0005　東京都文京区水道1-3-30
　　　　　　TEL 03-3868-3275　FAX 03-3868-6588
装　幀　河野あきみ（PARADE Inc.）
印刷所　創栄図書印刷株式会社


ISBN 978-4-434-32790-2　C0093